# 「秘めごと」礼賛

坂崎重盛



文春新書

489

葉ざくらや人に知られぬ晝《ひる》あそび

永井荷風

# まえがき

頼まれもしないのに私は弁護・支援活動を開始しようとしている。弁護のための選りすぐりの強力な資料をとりそろえ、点検し、これを盾《たて》として守りを固め、反撃に出ようとしている。

その守るべきもの、弁護するものとはなにか、といえば、

「秘めごと」

である。

なぜ「秘めごと」なるものを弁護しなければならないかというと、この二十一世紀の、なにもかにもが平板化し無菌状態が進む日本、「秘めごと」が危機にさらされていると、私が感じているからである。

「秘めごと」に対する私の思いは、森の中の樹々の下陰に、ひっそりと芽吹き、花咲く貴

種の植物をいとおしむような気持ちに似ている。

世の中、すべてが陽の下に晒されて、健全、清潔、安全であればいいというものではないだろう。それらは、言葉的には誰も異議は唱えにくいものだが、これが大手をふるって、オーバーアクションでのし歩くような状況の裏には、じつは巨きな空虚、精神の荒廃が横たわっているのではないかと思っている。

たとえば昨今の、空疎にして無責任でしかない各種、公共のアナウンス。「危ないから黄色い線の内側にお下がり下さい」「お子様のお手に触れる場所には置かないで下さい」「喫煙は、あなたにとって心筋梗塞の危険性を高めます」「ご返済は計画的に」――言葉としては相手を思いやってのことのようだが、それが心からのものでないことは誰もが知っている。単に自分たちの責任逃れであったり、あるいは、オブラートにくるんだ強制や、恫喝《どうかつ》ですらあることも。

しばらく前、テレビで「家族が一番あたたかい」とかいったコピーの、〝ヒューマン〟な雰囲気一杯のコマーシャルが流れていたことがある。

このときも、そのコマーシャルが、アニメーションの見事さもあり、作品として非常に完成度が高いものだっただけに、私は、いっそう嫌なものを感じた。高々とヒューマニズムをうたうふうではあるが、その実、人間を無視している、と思ったのである。

都会で一人さびしく暮らす人、田舎で孤独に耐えつつも家を守る人、あるいは母子家庭、父子家庭で生きる親子、また、心ならずも家庭内にトラブルを抱えている家族――そういう人たちへの心くばりが感じられない。

このコマーシャルは健全な家族重視、理想的な家庭重視という、誰もが否定しにくいメッセージ（思想）をタレ流している点で、かなり「悪質だ」と思った。

清く、正しく、美しく。明るく、楽しく、幸せに。といった、ポジティブでメジャーなお題目がはびこる世では「秘めごと」はきわめて旗色が悪い。「隠しごと」「秘めごと」は、当然、ほめられたことではないからである。

しかし、人が生きるということは、「どこに出しても恥かしくない」というような人生を生きるだけではない。人が選び歩く道は、いつも整然と舗装された道とはかぎらない。ときに自ら好んで路地や横丁に迷いこんだり、あるいは林の中を枝をかきわけながら進まねばならないこともある。

人は、やらなくてもいいことをする生き物なのである。また、やってはイケナイことをしてしまう存在なのである。さらに、やってはイケナイというとなおさらやりたくなる、という困った性向もある。公明正大、「たたいてもチリもホコリも出ない」ポリエステルかウレタン綿が中味のフトンのような人生ならば、「秘めごと」などもありえない。

朗々たる声、音声明瞭たる口調はそれはそれで気持ちのよいものだろうが、声低く語られること、あるいは秘めやかな吐息は、時には一層、貴重な、心に響くものではないだろうか。

人は生きてゆく中で「秘めごと」を抱えこむ。あるいは「秘めごと」なくしては生きてゆけない、という場合もあるだろう。

ところが表面的なモラル重視、健全思想がはびこる世では、人が生きることと共にある「秘めごと」は排除される。人が生きることには冷淡で、過敏な除菌の風潮が、あたたかく湿った日陰に咲く「秘めごと」を厳しく刈り取ろうとする。

あなたには経験がないだろうか。

胸をこがす、大切な「秘めごと」を抱えながら日々を過ごしたことが。

また、それが「秘めごと」だったからこそ、愉しく、哀しく、そして甘美であった……という思い出が。

そんな「秘めごと」が今、危機にさらされている。「秘めごと」の存在を人一倍重視しているはずのこの私が、これを放置しておくわけにはいかない。そこで私は「秘めごと」弁護に乗りだそうとしているわけだ。

弁護資料を通読した私は、テキストの中の彼ら、彼女ら先達たちの果敢な「秘めごと」ぶりに舌を巻き、切実な愛の世界、濃厚なエロティシズムに心奪われ、耽溺《たんでき》し、また鼓舞されもした。

この心強くも魅惑的な弁護資料一式を抱えて、私はこれからコートへ向かおうとしている。

「秘めごと」礼賛の、息づまる弁護活動が始まる。その傍聴人は、あなただ。

「秘めごと」礼賛　目次

目次

写真協力　藤田三男編集事務所

序

# なぜいま「秘めごと」礼賛なのか

## ●追いたてられる「男の居場所」

うすうすと感づいてはいたのだが、はっきりとその兆候に気づかされたのは、まずデパートの紳士洋品売場の変化からだった。

それまで四階にあったTデパートの紳士洋品売場が六階に移り、売場面積もそれまでよりもずっと狭くなっていた。明らかに「上に追いやられた」という感じである。

これなどまだましなほうで、私が銀座に出るたびに立ち寄っていたSビル二階にあったトラディショナルな趣味のメンズショップは、ある日、忽然と消えて女性物のファッションの店になっていた。

家の近くの駅ビルの中にあった比較的質のよい品ぞろえのショップも閉店し、男物はといえば、わずかに生きながらえているのは株式を上場している大量販売の店ばかりで、しかも、いつその前を通っても客の姿をほとんど目にしないというありさま。

とくにバブルの崩壊以後、世の中は男性消費者をほとんどというか、まったく相手にしなくなってしまったのではないかと思われる。

実際のところ、私の行きつけの店はたてつづけになくなり、途方にくれるというか、なさけないというか、腹立たしい気分ですらあるのだ。

「バブル崩壊以後」といったが、じつはこの日本ではそれ以前からすでに女性の天下の国だったのかもしれない。レストランに行けば楽しそうにテーブルに陣取っているのはほとんどが女性のグループ。音楽会や演劇も圧倒的に女性客が多い。私もたまにのぞく歌舞伎や文楽となると、女性十人に一人の割り合いでいるかいないかの男性は、なんとなく女性のお伴で連れてこられている雰囲気。

銀座に〝津波〟のように出店してきている世界のブランドショップも、ほとんどすべて日本の女性客をあてこんでのことである。

男は家庭を維持するための（？）仕事に縛りつけられ、疲れ果て、妻の選んだお仕着せの冴えないファッションで貧乏ったらしくショボショボ生きている。一方、女性は厳しい条件の中でもやりくりしてなにやかやと生活をエンジョイしている。

もちろん、人生を謳歌している女性が悪いというわけではなく、唯々《いい》諾々《だくだく》として無難な〝守り〟の日々に満足している男性側がなさけないだけなのだが。

男って、こんな存在だったのだろうか。

男は与えられたノルマをこなし、あるいは家庭を維持することが唯一最大の目的のような、働き蟻のような生き物だったのだろうか。

放浪を夢見たり、冒険を企てたり、風の吹くにまかせてフラリフラリと生きる、男の勝手気ままな遊び心や行動力はどこへ行ってしまったのでしょうか。

## ●隠れ場所・逃げ場所がなくなりつつある現代

「無影燈」――、幸か不幸か私は自分でまだ実物を見る機会に遭遇したことはないのだが、医療で使われる照明器具で、手術中の手くらがりなど、つまり影の生じないライトのことを言う。

影のない世界――便利ではあるだろうが、よく考えてみると恐ろしい世界でもある。

太陽はもちろん、月の光でも影は生まれる。白熱燈や蛍光燈でも影ができる。影というと、なんとなくマイナー、あるいはネガティブな印象があるが、光によって照らされているばかりがよいわけではなく、影があってこそ人はほっと息つくこともできるのではないか。

人はスポットライトの中に、くっきりと浮かび上がることを求める一方、ひっそりと影の中に身をひそめていたいときもあるはずだ。もし、四六時中、サーチライトに照らしつづけられるような状態であったら神経がまいってしまうにちがいない。

ところが昨今、世の中ではコミュニケーションの手段において似たようなことが起きている。たとえば例のケータイである。とくに若い人たちの、あの〝飢餓的コミュニケーション過多〟はどうしたことだろう。もうそれこそ昼夜をわかたず電話やメールの着信音がなりつづけている。

デジタル音痴の超アナログ人間としては、インターネットかなんとかネットか知らないが、ネットネットとまるでクモの糸にからめとられる恐怖感すら生じる。

ところで世の男性方なのだが、独身の人はともかく妻帯者の場合、ケータイを持つことは考えてみれば妻の放った番犬といつもともにいるようなものではないか、などと拘束恐怖症の私などは勘ぐってしまう。監視カメラを自ら身にまといながら行動しているようなものではないか。

否応なく家庭との結びつきが強くなる。強くなればそれに比例して、家庭は幸せになるのだろうか。どうもそうとは思えない。それは、たとえば恋愛関係にある若い男女がケータイでひんぱんに連絡をとり合えるからといって、その恋が確固たるものになり、またいつまでも続くとは思えないのと同様である。

私の観察するところ、たしかにケータイによって人と出会えるチャンスは多くなったようだが、別れもまたより安易になった気がする。つまりはコミュニケーションが安直にとれる分、その関係も軽く薄いように思えてしまう。

まあ、若い人の恋の行方など、若い人の問題である。ご当人同士にまかせておけばいい。大切なのは我々オトナの生き方である。

男というもの、家庭がすべて、であってよかったのだろうか。

もちろん家族に病人がいるとか、家庭の中になにか危機的な状況が起きている場合は当然これをサポートし、またガードしなければならない。これは男のというよりは人間としての義務である。

しかし、家庭中心主義が一種の習い性であったり、単なるクセであったりしたら、なんとなくミミッチイ感じを受けるのは私だけだろうか。どこから見てもそこそこよき社会人であり、よき父であり、またよき夫であるという家庭人。公私ともに公明正大、たたいてもホコリもチリも出ない清廉潔白——そんな男の人生ってなんなのだろうか。「酒もタバコも遊びもせずにそれで百まで生きた馬鹿」とかいう古い言葉もある。つい笑ってしまうが、ツマラナイ男の生き方をやゆしたものだろう。男は本来もっと「愚か」なものだったのではないだろうか。

先日も酒の席での半分冗談話に「この不景気、なんとか消費を増やして景気を回復するにはどうしたらいいか」という話になった。そのとき私は、

「オトナの男が唯々諾々として家庭回帰するのではなく、外でもっと恋心を発揮すればいい。消費はグンと増える」

と提言した。

もちろん本気である。茶の間の正義やモラルの問題はこの際、脇へ置いておく。

男は、これはと思う女性の前では見栄を張る。女性をあちこち連れて歩き「愚かな」消費もする。そうなれば否応なく経済は活性化する。内需拡大というわけだ。

もっとも、女性の前でもサイフのヒモのガッチリ固いような男もいるかもしれないが、そんな「愚かな」見栄も張れないような男は、愚かですらない、それ以下のなにをかいわんや、の男でしかないでしょう。

ところで、このところ、男の不自由に対する反動か、なかなか心強いタイトルの本が書店の棚に並べられるようになった。月刊誌「男の隠れ家」とか〝東京からの極楽56軒〟『おしのびの宿』とか〝こっそり教える、秘密の空間!〟『隠れ家レストラン厳選160軒』といった本である。まあ、いわば「反家庭回帰」の本か。

内容を見れば、どうということはない、普通のレストランや旅館等の情報を少し色づけしたものなのだが、それでも、男たちの子供っぽい冒険心がうかがえて、なんとなく微笑ましくなる。

じつはケータイやインターネットによる過剰なコミュニケーションの横行や情報の拡散は、住基ネットの施行同様、われわれを無影燈、あるいはサーチライトで照らして、逃げ場や隠れ場を取り払ってゆく風潮ではないかと思っている。

さて、われわれはどこに隠れ、どこへ逃げたらいいのだろう。

いや、その前に、逃げたり隠れたりという自由な遊び心や、雄《オス》ならではの冒険心を、男たちはいまでも持っているのだろうか。

お茶の間の正義やモラルに、まんまと飼いならされて、活力のない家庭第一と自ら思い込む、無難な男になり下がってしまっているのではないだろうか。

## ●「愚行」こそ人間の生きている証し

作家の谷崎潤一郎と永井荷風、この本の中でこれからたびたび登場していただくことになるはずだが、「また変わりばえもせず、谷崎、荷風なのか」、などと思わないで下さい。一冊の本は万華鏡のようなもので、こちらの読む意図、姿勢によってさまざまな貌を現わす。とにかく、この「文化勲章受章者」の二人の文豪ほど不届きな、確信犯的な快楽の追究者はいない。

まず谷崎潤一郎。谷崎は二十四歳のとき『刺青』を発表。これが永井荷風に激賞され、いわば一夜にして文壇のスターとなる。

その『刺青』は、こんな一節からはじまる。

其れはまだ人々が「愚《おろか》」と云う貴い徳を持って居て、世の中が今のように激しく軋《きし》み合わない時分であった。

なんとまあカッコイイ。――人々が「『愚』と云う貴い徳を持って居て」――なんて。もしかすると荷風は、この書き出しの一フレーズで無名の谷崎のすべてを見抜き、激賞することになったのではないか。

「愚」は貴い徳であったのだ。

女性の前で見栄を張るのも愚。負けるとわかっている闘いに加担するのも愚。家庭がありながら他の女性に心を動かすのも愚。誰も見向きもしないような芸事に入れ上げるのも愚、どうでもいいようなコレクションに熱中するのも愚。

男は、いや人は、ときに愚かと知りつつも愚行を犯すものなのである。また、それなしては生きていけないこともある。「わかっちゃいるけどやめられない」のが人間なのである。

人が生きるということは、正しい、論理的な文章のようにスッキリと整ったものではない。一本の糸がスッと通っているのではなく、白や黒や黄や赤の糸が幾重にもからみながら生きているのである。

自分を、一人のマトモな人間、と思えるような人は幸せな人である。いや、多分、鈍感な人である。

人は愚行を演じながら生きる。いや、自分は愚行など犯さない、という人がいるとしたら、その人は愚行を演じるほどのエネルギーもないか、かなり無自覚な人といってしまってもいいだろう。

いつも自分を律して、誤った行動はとらない。進むべき道を進み、より道や脇道にそれないとしたら、その人は世の中にあって、また人との関係において、よほど冷徹な、自己防衛にのみ汲々《きゅうきゅう》とする人間なのではなかろうか。

人は愚行を犯す。やらなくてもいいことをする。それでいてそのことにとらわれ、悩んだりする。自分も悩み、また人をも悩ます。しかし「わかっちゃいるけどやめられない」のだ。

そんな、人間の愚かさを、谷崎潤一郎は「貴い徳」という。しかも、この言葉は単に他者を弁護するために発せられたのではない。なにより谷崎自身、自分の救いがたい愚かさを容認し、正当化するために生まれた言葉と思うべきだろう。

谷崎潤一郎、「大谷崎」、この人の「愚さ」は並みはずれている。極彩色で、ときに異臭を放っている。「文化勲章」などという陽の当たる権威のパッケージに気を許してはいけない。いや、もったいない。損である。谷崎が、世間の良識やモラルに対して仕掛けた地雷はかなりの殺傷力がある。

「秘めごと」礼賛は、谷崎の奇怪とも思える「秘めごと」ぶりの一端を見ることから幕を開けたい。

PART 1

# 奇っ怪なり「大谷崎」

谷崎潤一郎や川端康成の文学を翻訳し欧米に紹介したドナルド・キーンに「私の文壇交遊録」とサブタイトルのつけられた『声の残り』(朝日文芸文庫)という一冊がある。

この中に、ドナルド・キーンが直接、谷崎潤一郎に話を聞く場面がでてくる。話は谷崎の作品『細雪』に及んだときのことなのだが、

> 谷崎は、フィクションの才能を高く買われている作家である。だからこの小説に出て来るたいていの出来事は、おそらく作者の創作だろう、と私は思っていた。(中略)そこで私は、谷崎に、そういう事件は、果たして実際に起こったことだったのですか、と直《じか》に訊いてみた。すると驚くではないか、彼はいかにも面白そうに、そう、みな本当に起こったことに近い話だよ、と答えたものだ。

「いかにも面白そうに」というところがリアルだ。谷崎のそのときの表情を思い浮かべてみる。多分、いたずらをした子供が「あれは僕がやったんだよ」と少々自慢げに人に告げ

たときのような顔をしたのではなかろうか。

それはさておき、この、谷崎の言葉に接したとき、私は反射的に谷崎の一篇の小説を思い出した。あの『刺青』の一巻に収められている短篇「秘密」である。この作品ほどタイトルからして「秘めごと」礼賛にふさわしい小説はない。

私は、明治四十四年刊行の『刺青』の本の手ざわり、文字の組みかたなどの雰囲気を味わいたくて、いわゆる胡蝶本の復刻本で、この「秘密」を読んだが、今なら中公文庫の「潤一郎ラビリンス」の『I　初期短編集』他の文庫本でも読むことができる。

さて、この小説、次のような書き出しではじまる。

> 其の頃私は或る気紛れな考から、今迄自分の身のまわりを裹《つゝ》んで居た賑やかな雰囲気を遠ざかって、いろ〳〵の関係で交際を続けて居た男や女の圏内から、ひそかに逃れ出ようと思い、方々と適当な隠れ家を捜し求めた揚句——

つまり、知人や友人から逃れ、身をかくすために隠れ家をさがそうというわけである。

そして見つけたのが、浅草の十二階下付近の寺のひと間。

浅草の十二階「凌雲閣」下の周辺、現在の浅草「花やしき」の左、ひさご通りの入口あたりはかつては、銘酒屋という、春をひさぐ女を置く、小さな店が立ち並ぶ、谷崎の表現では「Obscure」、猥雑な地域であった（今でも、その気配はわずかに残るが）。そんな界隈に隠れ家をみつけた主人公がどんな行動に出るかというと……

夜の九時頃、寺の者が大概寝静まって了うとウイスキーの角壜を呷《あお》って酔いを買った後、勝手に縁側の雨戸を引き外し、墓地の生け垣を乗り越えて散歩に出かけた。成る可く人目にかゝらぬように毎晩服装を取り換えて公園の雑沓の中を潜って歩いたり、古道具屋や古本屋の店先を漁《あさ》り廻ったりした。頰冠りに唐桟《とうざん》の半纏を引っ掛け、綺麗に研《みが》いた素足へ爪紅《つまべに》をさして雪駄《せった》を穿《は》くこともあった。金縁の色眼鏡に二重廻しの襟を立てゝ出ることもあった。着《つ》け髭《ひげ》、ほくろ、痣《あざ》と、いろ〳〵に面体《めんてい》を換えるのを面白がったが、或る晩、三味線堀の古着屋で、藍地に大小あられの小紋を散らした女物の袷が眼に附いてから、急にそれが着て見たくてたまらなくなった。（傍点、坂崎）

この文章の前に「人形町で生れて二十年来永住している」という一節があるので、この小説の主人公は、人形町生まれ（現在の人形町、甘酒横丁、昼食時にはいつも行列のできているシャモ鍋の「玉ひで」のすぐ近くが生家）の谷崎本人に限りなく近い人物と見ていいだろう。

その主人公は「成る可く人目にかゝらぬように毎晩服装を取り換えて」浅草の淫猥な界隈を歩きまわる。ときには、「素足へ爪紅」つまりペディキュアをし、つけひげやつけぼくろはまだしも、ニセの痣まで作って夜の街に出たというのだ。

そしてついには「女物の袷《あわせ》」を着てみたくなり、実際に「小紋縮緬の袷」で「肉体を包む」ことになる。その一節――

あの古着屋の店にだらりと生々しく下って居る小紋縮緬の袷《あわせ》――あのしっとりした、重い冷たい布《きれ》が粘《ねば》つくように肉体を包む時の心好さを思うと、私は思わず戦慄した。あの着物を着て、女の姿で往来を歩いて見たい。……こう思って、私は一も二もなく其れを買う気になり、ついでに友禅の長襦袢や、黒縮緬の羽織迄も取りそろえた。

完全なる「女装趣味」の男の行動である。しかも「粘《ねば》つくように肉体を包む時の心好さを思うと、私は思わず戦慄した」と、精神的エクスタシーを味わっている。

次に続く文章がまたすごい。

大柄の女が着たものと見えて、小男の私には寸法も打ってつけであった。夜が更けてがらんとした寺中がひっそりした時分、私はひそかに鏡台に向って化粧を始めた。黄色い生地《きじ》の鼻柱へ先ずベットリと練りお白粉をなすり着けた瞬間の容貌は、少しグロテスクに見えたが、濃い白い粘液を平手で顔中へ萬遍なく押し擴げると、思ったよりものりが好く、甘い匂いのひや〳〵とした露が、毛孔へ沁み入る皮膚のよろこびは、格別であった。

私の原稿は未だ原稿用紙に手書きなのだが、こうして谷崎の文章を書きうつしていると、谷崎のネットリとした文体の触感がこちらにまで伝わってくる。

こうして「女」になりおおせた谷崎、いや主人公に、これからどんな出来事が起きるか――は、興味があれば原文にあたられたし。

じつは谷崎の「変装」や「女装」といった「秘めごと」志向はこのような服装や化粧にかぎったことではない。さらに奇怪なことに、谷崎の肉体そのものが、二重生活者、いや二重性格者の形相を帯びてくるのだ。

〈谷崎潤一郎研究の入門書といえる福田清人編・平山城児著『谷崎潤一郎』（清水書院刊）では、〈谷崎の肉体の二重性、肉体そのものが「変装」する奇怪な事実に言及している。

この関西見物のあいだに、〈谷崎のからだは、異常に太りはじめた。「パンの会」のころの谷崎は、四十五キロぐらいしか体重がなく、ひどくやせていた。ところが、作家生活にはいってから急に太り出し、ことに、この関西滞在中にますます太り、とうとう六十七、八キロにまでなってしまった。

ちなみに谷崎の身長は百五十六、七センチであったらしい。まあ、体重が急激に増えたというだけならとりたてて気になる話でもないのだが、この体重の〝異変〟に関連したと思われる谷崎の奇妙な作品があるのだ。それは「友田と松永の話」という短篇。これについても『谷崎潤一郎』はふれている。

昭和元年に、〈谷崎は、「友田と松永の話」という作品を書いた。まったく同一人物が、

上は大正４年の谷崎、左はその翌年、大正５年のポートレイト。たった１年でこの谷崎の印象の差。まるで別人ではないか。まさに「友田と松永の話」ではないか。

ある時期になると、でっぷりと病的に太った男となり、別の時期には、げっそりとやせた男になり、性格や行動まで変わってしまう。太っているときは友田であり、やせているときには松永になる。

と。そしてこの小説が谷崎自身をモデルにしたという文芸評論家の吉田精一の言葉を紹介している。

そういえば、私は「新潮日本文学アルバム」の谷崎の巻で、谷崎の大正四年と大正五年という、ほぼ同時期のポートレイトをながめたとき、その風貌の別人のような差に驚いたことがある。顔の表情が違うというよりは、肉体や、精神のありかたそのものが別人としか思えないのだ。(30～31頁の写真参照)

こうなると谷崎は「変装趣味」というよりは、「変態」、つまり幼虫から蛹《さなぎ》になる昆虫の生理現象・変態のようではないか。

これまで紹介した谷崎の「秘めごと」ぶりは主に二十代の作家としてデビューする前後の話なのだが、成熟した晩年の「秘めごと」ぶりもまったく衰えることがない。

それは作品『鍵』や『卍』、『瘋癲老人日記』に結実する。

谷崎の話が少し長くなったが、若き谷崎を〝発見〟した永井荷風、荷風も谷崎に負けず劣らずの「秘めごと」、「お忍び」願望があり、その実践者であった。

また荷風にも谷崎ほどではないにせよ「変装趣味」をうかがわせるところもあり興味ぶかい。どうやら「変装」は戦前の知的遊民にとっては、一つの魅惑的なキーワードであったようだ。

荷風の代表作といわれる『濹東綺譚』にもその一端がうかがえる。が、その前に「妾宅」と題する随筆にふれてみたい。

*PART 2*

# 永井荷風の「お忍び」願望

永井荷風の随筆に「妾宅」と題する一篇がある。こういうタイトルで自分の身辺雑記らしきことを平気で（？）書いてしまうところが荷風の凄味なのだが、ともかく、その文章を見てみよう。「妾宅」の書き出しは次のように始まる。

どうしても心から満足して世間一般の趨勢に伴《ともな》って行くことが出来ないと知ったその日から、彼はとある堀割のほとりなる妾宅《しょうたく》にのみ、一人倦《う》みがちなる空想の日を送る事が多くなった。

――というのが妾宅を持つ理由であり、「現代の生存競争に負けないため、現代の人たちのする事は善悪無差別に一通りは心得ていようと努めた」と文章は続くのだが……。今日、こういった理由で妾宅を持ったり、外に愛人を作ったりしても、とても世間の理解は得られはしない。しかし、もともと〝確信犯〟の荷風は、最初から世間の理解など得ようなどと思ってはいない。文章は、さらに次のように続く。

その代り、そうするには何処か人知れぬ心の隠家《かくれが》を求めて、時々生命《いのち》の洗濯をする必要を感じた。宿《やど》なしの乞食でさえも眠るにはなお橋の下を求めるではないか。厭《いや》な客衆《きやくしゆ》の勤めには傾城《けいせい》をして引過《ひけす》ぎの情夫《まぶ》を許してやらねばならぬ。先生は現代生活の仮面をなるべく巧《たくみ》に被《かぶ》りおおせるためには、人知れずそれをぬぎ捨てべき楽屋《がくや》を必要としたのである。昔より大隠《たいいん》のかくれる町中《まちなか》の裏通り、堀割に沿う日かげの妾宅は即ちこの目的のために作られた彼が心の安息所であったのだ。

荷風がこの「妾宅」を書いたのが明治四十五年、三十三歳の時である。文章だけ読むとなにか回顧趣味の老人のものと思ってしまうかもしれないが、三十代、それも前半の文なのである。

ところで、年譜によれば、この年の秋、荷風は湯島の材木商の娘、斎藤ヨネと結婚するが、二年ほど前から交情のあった新橋「巴家」の八重次（のちの藤蔭静枝）と親しみ、ほとんど家をかえりみなかったとある。

世間の常識からすれば許しがたい行動である。結婚したばかりの妻を放ったらかしにしておいて、愛人を囲い、そこへ入りびたる。しかも、それに少し先立って、いわば「妾宅生活」を宣言するような作品「妾宅」を発表する。

ちなみに、ヨネとの結婚は翌年に破綻、次の年には、その八重次と結婚。しかし、この結婚も一年足らずのうちに幕を下ろす。

この隠《かく》れ家《が》願望の色濃い随筆「妾宅」は野口冨士男編『荷風随筆集（下）』（岩波文庫）他で読める。

この荷風の代表作とされる『濹東綺譚』、ここにも荷風の「お忍び」願望と、そのための、変装行動が記されている。

『濹東綺譚』の主人公「わたくし」は五十八歳の小説家で小説の腹案を抱きながら、浅草、千束あたりを徘徊している。ちなみに、『濹東綺譚』が朝日新聞で連載されるのが昭和十二年、荷風は小説中の主人公「わたくし」と同じ五十八歳のときである。

その小説家「わたくし」がこれから書き上げようとしている小説のタイトルが、なんと「失踪《しっそう》」（！）なのである。

じつは、「わたくし」自身が、「失踪」の主人公同様、身を隠し、逃がれるようにして、浅草、あるいは向島の街をさまよっている。

毎夜電車の乗り降りのみならず、かの里へ入り込んでからも、夜店のにぎわう表通りは言うまでもない。路地《ろじ》の小径《こみち》も人の多い時には、前後左右に気を配って歩かなければならない。この心持ちは「失踪」の主人公種田順平が世をしのぶ境遇を描写するには必須《ひっしゅ》の実験であろう。

まるで、逃亡者の心理ではないか。「わたくし」は、街の群集の中に自らをまぎれ込ませるような自己演出をほどこす。つまり、ちょっとした変装をする。

襟《えり》の返る縞《しま》のホワイトシャツの襟元のぼたんをはずして襟飾りをつけない事、洋服の上着は手にさげて着ない事、帽子はかぶらぬ事、髪の毛は櫛《くし》を入れた事もないようにかき乱して置く事、ズボンはなるべく膝《ひざ》や尻《しり》のすり切れたくらいな古いものにはき替える事。靴《くつ》ははかず、古下駄《ふるげた》も踵《かかと》の方が台まですりへっているのを捜してはく事、煙草《たばこ》は必らずバットに限る事、エトセトラエトセトラである。だからわけはない。つまり書斎にいる時、また来客を迎える時の衣服をぬいで、庭掃除《にわそうじ》や煤《すす》払いの時のものに着替え、下女《げじょ》の古下駄をもらってはけばよいのだ。

という次第。本人は「だからわけはない」とはいうものの、「髪の毛は櫛を入れた事もないようにかき乱して置く事」とか「煙草は必らずバットに限る事」などと、なかなか細心にして入念ではないか。そして——

古ズボンに古下駄をはき、それに古手《ふる》ぬぐいをさがし出して鉢巻《はちま》きの巻き方もしごく不意気《ぶいき》にすれば、南は砂町《すなまち》、北は千住《せんじゅ》から葛西金町辺《かさいかなまちあたり》まで行こうとも、道行く人から振り返って顔を見られる気づかいはない。

という「お忍び」の目的にかなうことになる。しかし、そこまでして、いわゆる場末のあちこちを歩きたいのか、と思うのは〝常識的な人〟の考えで、五十八歳の荷風は、いや『濹東綺譚』の中の五十八歳の「わたくし」は、そうした姿を装って街の雑踏に身を沈めてゆくのである。

この『濹東綺譚』が朝日新聞に掲載された年の秋、荷風の母・恒が死去するが、荷風は弟との確執などからか葬儀にも出ない。荷風には荷風の言い分があるだろうが、近くにいるのに母の葬儀に出ないなど、世間の常識では通用しないことである。

逆に言えば、立派な不良ぶり、ツッパリぶりというべきだろう。このころから荷風は浅草に通いはじめ、オペラ館などに寄ることが多くなる。荷風が文化勲章を受章する（昭和二十七年）十五年ほど前のことである。

思えば、谷崎潤一郎といい、永井荷風といい、おそろしく自分勝手で反常識的な人間が文化勲章をもらったものである。しかも二人ともタイプは異なるものの〝性的人間〟で、その作品も、かつては良俗を害するものとして発禁処分を受けている。

〝お茶の間のモラル〟を支える良識ある市民が、栄えある文化勲章受章者・荷風や谷崎の実像の一端でも知ったら、どんなショックを受けるだろうと思うと、少々、愉快な気持ちになる。

谷崎や荷風は理想的な家庭や幸せな家族の団欒《だんらん》からもっとも遠いところで生き、作品の土壌を育んできた。

もちろん、彼らとて世の良識や常識のプレッシャーを身に感じないわけではなかったろうが、それでも、それら有形無形の攻撃から身をかわしつつも、自分の生理や嗜好、つま

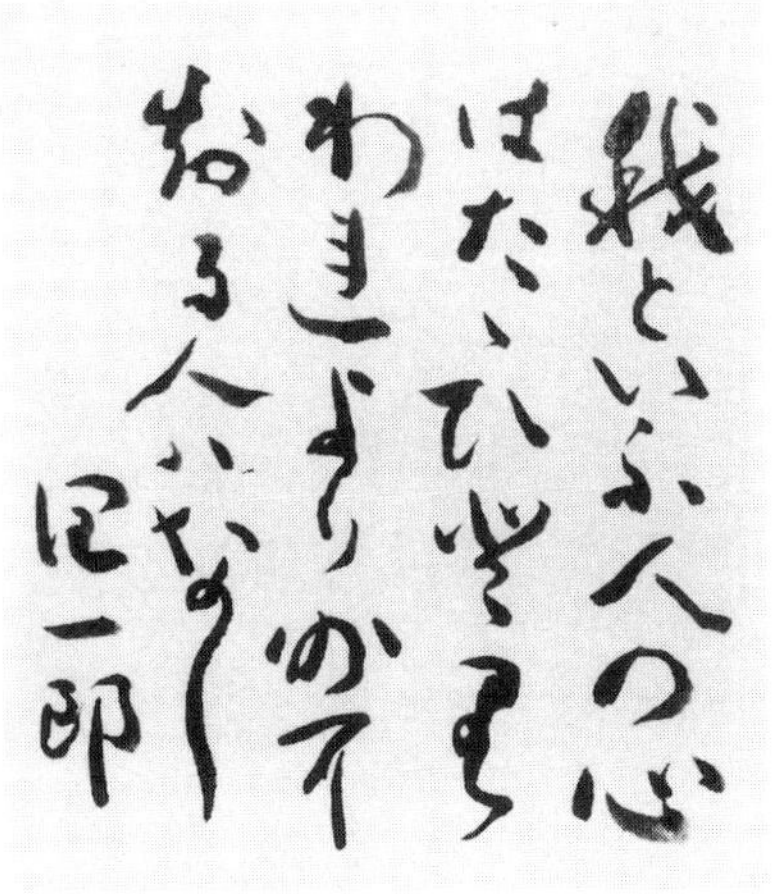

谷崎の色紙

り快楽的生活を貫き通そうとした。そのような状況のとき、人は「秘めごと」や「お忍び」という行動形態をとらざるを得なくなるのではないか。

　また、逆に「秘めごと」や「お忍び」というスタイルをとったそのときから、世間に対する自分という位置関係がクッキリと見えてくるのではないか。

　メジャーではなくマイナー、正統ではなく異端、日向《ひなた》ではなく日陰《ひかげ》、太陽ではなく月、完全ではなく欠落、健全ではなく病み傷ついた存在としての自分を意識することとなるのではないか。

　そういえば谷崎潤一郎が色紙に書く言葉は、

我といふ人の心はたゝひとり
われより外に知る人はなし

であり、永井荷風には「妓楼《ぎろう》の行燈《あんどん》に」と詞書きした、

しのび音《ね》も泥《どろ》の中《なか》なる田螺《たにし》哉《かな》

また、

襟《えり》まきやしのぶ浮世《うき》の裏通《うらどおり》

の句がある。

PART 3

# 「うつし世はゆめ よるの夢こそまこと」の人

振り返って見ると、私はいつも子供であったし、今も子供である。もし大人らしい所があるとすれば、すべて社会生活を生きて行くための「仮面」と「つけやきば」にすぎない。

という一文を「わが青春記」と題するエッセーに書いた作家がいる。江戸川乱歩である。この乱歩の『わが夢と真実』と題する自伝的エッセー集が東京創元社より出ている。初版は昭和三十二年。この本が平成六年「江戸川乱歩生誕一〇〇年記念出版」として復刻された。私が読んでいるのはその復刻本である（この原稿を書いたすぐ後に刊行された光文社文庫『江戸川乱歩全集』第30巻にも収録）。

乱歩の作品を少しでも読めば、乱歩自身にも谷崎や荷風同様、「失踪」「秘めごと」「お忍び」また「変装」趣味の傾向があることは容易に想像がつく。私は、それを乱歩の、小説ではなく、ノンフィクションの中で確認したく、この自伝的随筆集を手に取ったわけである。

「放浪記」と題する一文に目がとまった。

私は二た月ばかり関西をうろつき廻っていて、東京へ帰ってまだ間がないのだ。この一年間は、ほとんど女房の住んでいる場所にはいないで、東京市内や近国を浮浪者のように、何の意味もなく、ある山国の昔風のランプを使っている淋しい温泉に一と月いて見たり、魚津へ蜃気楼を見に行って、その帰りに親不知子不知のみすぼらしい宿屋へ滞在して見たり、佐渡へ渡ろうとして渡船場でいやになって、一日新潟の町をうろついて見たり、上州のある町では天勝一座がかかっていたのが懐かしくて、途中で下車して、田舎風の芝居小屋で東京で見たままの番組の手品を見て、そのままそこの町に滞在して、あくる日は、町で一軒の古本屋を探して、中江兆民の「一年有半」を買って来て、それを読んで、俄かに文楽の人形が見たくなって大阪行きを思い立ったり、そうかと思うと、浅草公園の五重の塔の裏あたりに、みすぼらしい部屋借りをして、近所の一膳飯屋で食事をして、朝から晩まで浅草公園をぶらつくのを日課にしたり、そして、公園のベンチに、夜の一時半までも二時までも腰かけていて、お巡りさんにつかまって拘置されかけたり、時々変装をして公園を歩くものだから、それを又とがめられたり、又は上野の不忍池のそばの宿屋に滞在して、数日部屋の天井を眺めていたり、エトセトラ、エトセトラ、というようなわけなのである。（傍点、坂崎）

少々、引用が長くなったがお許し下さい。なにせご覧のごとく、この乱歩の文章、ずっと句点がない。まるで「失踪」に近い気ままな放浪のように、終着のなかなかこない行き先定まらぬ文章なのである。

しかしそれにしても「この一年間は、ほとんど女房の住んでいる場所にはいない」とは……。また、その表現が単に「家にはいず」とか「女房の元へは帰らず」ではなく、「女房の住んでいる場所」（傍点、坂崎）という言い方が、乱歩と「女房」との関係を、それとなく暗示しているように感じるのだが、それは私の考え過ぎだろうか。

いずれにせよこのとき三十三歳の乱歩（昭和二年）は家に寄りつかぬ放浪、無頼の生活をしていたようだ。年譜によれば、乱歩はこのころ自分の作風を嫌悪して、筆を絶って宿には変名で泊まる放浪の日々を送ったり、そうかと思うと、下宿館を開業したりしている。

放浪の旅はまだしも、浅草に「部屋借り」をして一日中公園をぶらついたり、夜中になってもベンチに腰かけていれば、巡査の尋問を受けても不思議ではない。ましてや、どんなかっこうをしたのかは定かではないが「変装」したりして公園を歩いたりすれば。

それにしても、谷崎、荷風、乱歩、三人が三人とも揃って「お忍び」「変装」趣味があり、しかも盛り場の雑踏の中をブラブラと歩く散歩好きという共通点がある。どうやら街中を「お忍び」気分でブラつく散歩というものは、じつはかなりエロティックな行為であるのかもしれない、ということに改めて気付かされる。

乱歩の『わが夢と真実』の中に「群集の中のロビンソン」と題する昭和十年に書かれたエッセーがある。イギリスの小説家、アーサー・マッケンの自伝的作品「ヒル・オブ・ドリームズ」という、マッケンがロンドンの下宿屋で、人との交渉を絶って読書と瞑想と散歩で日を暮らし、一年のあいだでたった一度、路上ですれちがった娼婦の問いかけに短い返事をした、という話をマクラにこのエッセーは始まる。

乱歩は、このマッケンを「都会のロビンソン・クルーソー」と表現している。そして、この厭人癖、つまりロビンソン・クルーソー的な人間の逸話をいくつか挙げたあと、乱歩自身の街での実感を語りはじめる。

昭和初期の浅草の光景　小村雪岱画（『大東京繁昌記』下町篇より）

わたしは浅草の映画街の人間の流れの中を歩いていて、それとなくあたりの人の顔を見廻しながら、この多勢の中には、きっと一人や二人の犯罪者がまじっているに違いない。もしかしたら、今人殺しをして来たばかりのラスコーリニコフが何食わぬ顔をして歩いていないとも限らぬ、ということを考えてみて、不思議な興味を感じることがある。彼にとっては、肩をすれすれの前後左右の人間どもが、彼とはまったく違った世界の生きものであり、彼自身は人群れのあいだを一匹の狼が歩いている気持であろう。それは恐ろしいけれども、又、異様に潜在願望をそそるところの気持である。

いや、犯罪者に限ったことではない、と考えるのだ。映画街の人混みの中には、なんと多くのロビンソン・クルーソーが歩いていることであろう。

と、肩をぶつけずに歩くのが困難だったほどの繁華を極めた当時の浅草の映画街での群集と、それにまぎれ込む「ロビンソン型」の人間の存在を意識している。そして乱歩は自らを語る。

私自身も都会の群集にまぎれこんだ一人のロビンソン・クルーソーであったのだ。ロビンソンになりたくてこそ、何か人種の違う大群集の中へ漂流していったのではなかったか。

そして、このエッセーは次のような一文で締めくくられる。

彼自身のうちに異端者を感じない人間はないのと同じように、人は皆ロビンソン・

クルーソーである。人の心の奥底には、意識下の巨人となって、一人ずつのロビンソンが住んでいるのに違いない。

谷崎や荷風、そして乱歩と、あきらかに「失踪趣味」また「秘めごと」「お忍び」志向のある作家の姿を紹介してきたが、彼等にあっては極端な現われかたをしているとはいえ、じつは人の心の奥には多かれ少なかれ誰もが抱いている願望なのではないだろうか。

自分の中の、非社会的、非日常的な欲求を抑圧する力が強く、あるいは抑制が習い性になって、そういう欲求があることすら忘れてしまったような人でも、その心の奥底には、日々の現実生活からの「失踪願望」や人知れず欲望や快楽を求めようとする「秘めごと願望」があるのではないか。たとえそれが、現実にはとうていなしえない単なる夢想や妄想であったとしても。

ただ谷崎や荷風や乱歩は、現実を逸脱してまでも自らの欲求を満たそうと生きた。世の良識やモラルに指弾されようとも自分の欲望に従わざるを得なかった。日々の現実より、自らの内に生じた夢に生きることを選んだ。いわば、文字どおり快楽に「現《うつつ》を抜かす」生

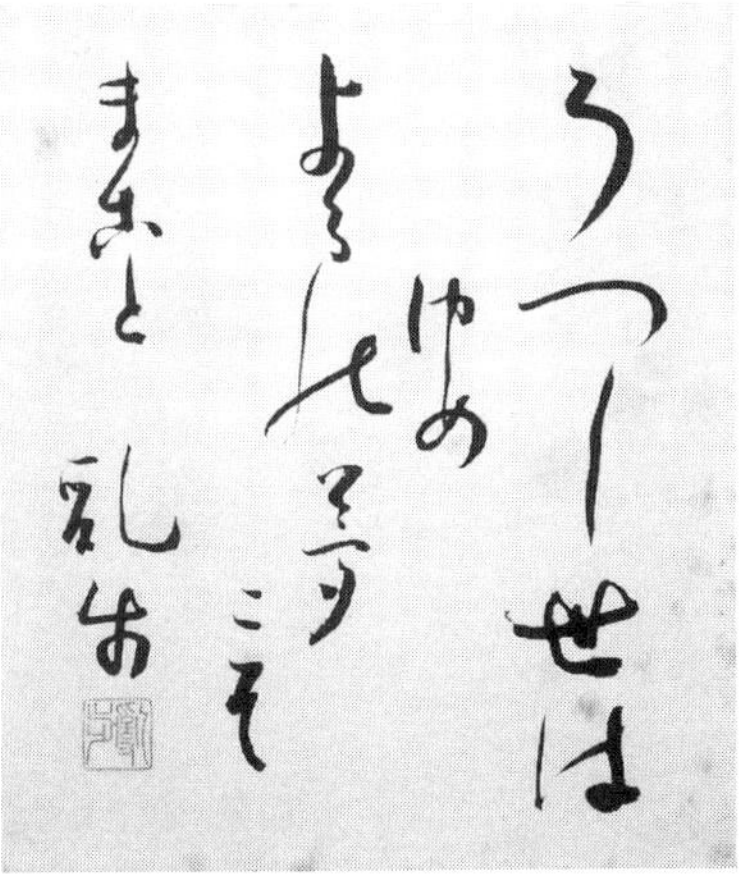


江戸川乱歩の色紙（平井隆太郎提供）

き方を選びとった。
そういえば、乱歩が色紙によく書いた言葉は、

うつし世はゆめ
よるの夢こそまこと

というものであった。現世《うつしよ》、つまり現実は夢のようにはかないものであり、夜見る夢にこそ確固たる真実がある、という乱歩のこの色紙を、私は神保町の古書店のウインドウの中で見たことがある。

特別、達筆とは思えないその細身で軟らかな形の筆跡からは、たしかに、ポジとネガが逆転したような、秘めごとめいた気配が立ちのぼっていたことを覚えている。私は、その色紙の文字を見て、なぜか、まだ血を吸っていない細く艶やかな黒い蛭《ひる》を連想したのだ。

PART 4

# 一人の人間の中の大人と子供の二重性

谷崎潤一郎や永井荷風、そして江戸川乱歩の「お忍び」願望あるいは「失踪」志向にふれてきたが、そこに見えかくれするのは生活行動に「秘めごと」「隠しごと」を抱え込む、人格、あるいは生活の二重性、さらには多重性である。

この二重性、多重性は思えば、われわれ誰もが持っている、あるいは、かつて持っていた懐かしくも親しい感覚のものである。

そう、子供時代は、ほとんど誰もが程度の差はあれ、毎日を多重性の中で生きていたのではないか。

なにか「隠しごと」「秘めごと」をする。

自分だけの世界をつくりその中にもぐり込む。

ときに、小さな家出や失踪をする。

他の人格や生き物になりかわる。

多くの場合、これらの行動は「遊び」や「ごっこ」という形で行われ、それが明らかに危険な行為だったり反社会的なものでなければ、大人はそれを子供の遊びとして大目に見たり、あるいは見て見ぬふりをする。

考えてみれば、谷崎や荷風や乱歩の「秘めごと」は、大人になってもまだ、子供のようなことをしている、ともいえる。ただしそこには子供にはなかった大人ならではの濃厚なエロスが加味されるのだが。

われわれが生きてゆく世間では、人はある年齢に達すれば、世の中のルール、常識、あるいはモラルにそった行動を強いられる。自分自身の生理や欲求をなんとかコントロールしながら、世間のルールや掟に合わせて生きていこうとする。また、それでこそ一人前の大人の証しとなるのである。

子供のころの自己中心的な非社会性や、人格の未発達からくる夢想的な多重性ではなく、きちんと世間や社会と対応できる、一つのまとまりのあるマトモな大人になることが要求される。だからわれわれは、その要求に応えようと大人としての自分を作り上げてゆく。社会や世間のルール、常識にそった行動ができなければ、必ず排除され、生きて行けなくなることを嫌というほど思い知らされて大人になるからである。

しかし幸か不幸か、人は、外見はともかく、心の奥深くでは、そう簡単に大人にはなりきれない。社会や世間に対するために作り上げてきた大人の装いの下には、いつまでも子供のままの心や生理が潜んでいる。

人は一人っきりになったときや、すっかり心を許した人の前では、ほとんど子供なのではないだろうか。その象徴的な例といえば、ときとして見る夢の中での自分の存在である。現実にはとっくの昔に死んでしまっている愛犬とたわむれている子供のころの自分、あるいは、今は取りこわされてないかつての家の部屋で兄弟と遊ぶ幼いころの自分、また、亡き母とともにいる自分——夢から覚めれば、大人の、どこから見ても中、老年の男なのに、夢から覚めたあと、しばらくは、心は半分、幼いときの柔かい心の自分のままで、うっすらと悲しい気持ちを味わう、というような経験があるのではないか。

つまり、人は、世間や社会に対応していかなければならない大人としての自分と、その衣の下に奥深く隠された子供のままの自分という二重性を生きるということになる。

乱歩の『わが夢と真実』の「わが青春記」の中の言葉を思い出してみる。

振り返って見ると、私はいつも子供であったし、今も子供である。もし大人らしい所があるとすれば、すべて社会生活を生きて行くための「仮面」と「つけやきば」にすぎない。

と語り、また、谷崎潤一郎も『幼少時代』の中の、「私の『幼少時代』について」で、

余人は知らず、私の場合は、現在自分が持っているものの大部分が、案外幼少年時代に既に悉く《ことごと》芽生《めば》えていたのであって、青年時代以後においてほんとうに身についたものは、そんなに沢山はないような気がするのである。

と、自らの「子供性」の重要性を吐露している。

人は子供のままでありながら大人になる。また、立派な大人であるはずなのに、その内に子供のままが生きている。要は、その大人の衣が、人によって厚いか薄いかの違いなのかもしれない。そして、ときに人は、その多重性を大人になっても発現させる。本来の自分の姿を取り戻そうとするかのように。

社会や家族に内緒の「秘めごと」にふけり、あるいは、秘密の場所に身を隠し、ときに失踪する。

〈谷崎や荷風や乱歩のような〝特別〟な人ではなく、もっとわれわれ一般人に近い世界で、いじましいというか貧乏くさい「秘めごと」を実行する作品がある。つげ義春の「退屈な部屋」という一篇（新潮文庫『無能の人・日の戯れ』他収録）。

（多分）東京の、郊外の木造アパート「ひなげし荘」に住む若い男女。この物語は、自転車で男の、

「散歩に行ってくる」

という、若い妻への言葉から始まる。そのネームだけを少し書き出してみよう。

妻に内緒《ないしょ》で部屋を借りている
いま住んでいるアパートから10分ほどのところで……
むかしの女郎部屋だ
部屋の造りが特殊なせいか
礼金も敷金もなしで借りることができたが
なにか秘密の穴ぐらのようなふんい気なので気に入っている
といっても部屋に住んでいるわけではないから

なにをするでもなく
ゴロゴロしたり
ボンヤリしているしかないのだが…
そういうのが好きなのでけっこうたのしい

と、まあ、いい年をして困った男の話なのだが、本音を言えば、かなり、うらやましい話でもある。家の近くに、内緒で（ここが大事なのだが）自分だけの隠れ家を借りてしまうのだから。

男は、ネームにあるように、その部屋に行って何をするでもなく、ただ一人ゴロゴロしていたりする。

それから先の成り行きは『無能の人・日の戯れ』他に収録されている作品そのものにあたってほしいが、この主人公の男もまた、自分の中の子供性を発揮せずにはいられないタイプのようである。

なにか「隠しごと」「秘めごと」をしていないと、もう一つ生きている実感がないようなタイプ。生活のメインであるべき現実の世界が淡くボンヤリしているのに、虚であるはずの「隠しごと」にリアルを感じ、胸をときめかすタイプ。

つまりは、子供のころの「遊び」や「ごっこ」を大人になってもまだやりたがる、やらずにはいられない、やってしまう、人間。

しかし、本人はもう、当然子供ではない。外見も、もちろん大人なのである。大人でありながら、子供のような勝手な子供じみた行動を、世間や社会はそうそう歓迎はしない。許しはしない。

となると、自分の中の子供性を守り、それを実践するためには、そこに、世間や社会の目をくらます、なんらかの知恵や技巧が必要となってくる。あるいは、谷崎や荷風や乱歩のように、社会との攻防のための、確信犯的な、意識的、戦略的なポーズやスタイルを身につけなければならなくなる。

大人でありながら子供性を発揮する人間は往々にして、世間や社会からすれば、困った人である場合が多い。非社会的、あるいはさらに反社会的な存在なのだ。

じつは人間の中の子供性とは、いいかえればエロス性である。

大人でありながら、自分の中のエロス性をなだめ、コントロールし、管理することができない人間は、世間や社会の規範の中では、困りもの、異端として、迷惑がられ、排除される。

また、身体性の抑圧に関しても、女性よりもさらに男性の方が、自他双方からの縛りがきついのではなかろうか。

女性は口紅やマニキュアを塗り、また性的シンボルの乳房の存在なども大いに強調したりする。これに対し、世の男性が男性の性的シンボルをことさら強調するようなファッションは少なく、ことに二十一世紀の今日、一般的ではない。

この一事をもってしても、大人の男性は、まず大人ということで一つの縛りを入れられ、さらに、自らの身体性を表現できる女性とは異なり、責任ある社会の構成員としての（と思い込んでいる?）男性の禁欲的、軍隊的な画一のルールによって縛られることになる。

つまり、世の男性は、二重の縛りによって、その子供性、つまりはエロス性、身体性を抑え込まれているといっていいだろう。

これで反逆を起こさないほうが不思議というものである。

世間や家庭からは良識ある家庭人を要求され、仕事場ではクリアすべきノルマや、家庭維持のための日々の労働が強いられる。もちろん、オフィシャルな仕事の場では一般的に、本来のエロス性や身体性など発揮するわけにはいかない。今どき流行《はや》る言葉ではないのだが、実際は、「男なんだから」ということで、しんぼうやがまんが要求される。

考えてみれば、世の男は（といっても私は日本の男性しかほとんど知らないので、私の周りの日本人男性は、と言っておくが）、本当に「バカか」と思いたくなるほど、家庭や社会に従順なのである。

そこでは男の中の子供性は見事に抑圧され、あるいは馴致《じゅんち》され、社会のルールの中で穏便に発散できるよう、巧みにすりかえられる。

男が本当にやりたいことは、キャバクラ遊びやカラオケコンパでもなく、接待や親睦のためのゴルフでもなければ、グループでの文学散歩やそば打ち講習会への参加などでもない。

行方定めぬ気分次第の旅であったり、血まなこになってさがし求めるコレクションであったり、ふと街で出会った女性との路地裏の一室での夢ごこちの仮そめの愛の巣づくりであったり、体力の続くかぎりの日夜のドンチャン騒ぎであったりするはずと思うのだが。

しかし現実は厳しく、貧相なものである。大人の男性が余計な子供性を発揮すれば、ただちにそのシッペ返しはくるだろう。他の人が、がまんやしんぼうをして生きているのに、ある人間だけがそんな勝手気ままなことをして、それを認めてしまったら世間の〝シメシ〟がつかないのである。

私やあなたを含めて、世の男性はあまりにかわいそうと思いませんか。みすぼらしいと思いませんか。限りある自分の人生をほとんどエンジョイしていないように見える。男って本来こういう生き物だったのだろうか。

「秘めごと」「お忍び」「隠しごと」は、人が、とくにオトナの男性が自らの人間性を復活させるための、必然的な行動なのではなかろうか。

それは、子供のころの「遊び」や「ごっこ」と、源は同じものかもしれないが、色調は当然変わってくる。子供のころには意識にものぼらなかった、対社会の関係が重要性をおびるからである。オトナの「秘めごと」「お忍び」「隠しごと」は、多かれ少なかれ、社会のルール、良識から逸脱する。また、社会からのなんらかの逸脱がなければ、そのスリルも快感も味わえない。

社会という、いわば陽のあたるステージから日陰の場に身をずらし、湿りっ気のある、心地よい静かな場所をさがし求める行為。自分をアピールするために声高に語るのではなく、すべてが睦言《むつごと》のようなトーンで語られる空間への志向。

非社会性、ときに反社会性、といった背徳的な香りがあってこそ、オトナの「秘めごと」なのである。当然、その「秘めごと」には、つねに世間からの制裁のおそれがつきまとう。また己の内からも、社会の道徳から逸脱した自責や悔恨におびやかされることとなる。

強弁すれば、「秘めごと」や「隠しごと」はオトナをもう一段階オトナにするための、絶好のチャンスなのである。

たとえば、自らモラルにはずれたことがないような人間は、社会のルールやモラルについて深く考え、悩むことはないにちがいない。きちんと社会の道を踏みはずさずに日々生きていける人は、モラルの存在すら意識することはないのではないか。それは健康な人が、自分の胃や腸の存在を忘れているようなものである。

社会のルールやモラルからはずれた行為をしている人こそ、それについて考えずにはいられない。病み、傷みを感じたときに、自分の胃や腸の存在にはじめて気づかされる。「秘めごと」「隠しごと」をする人、お茶の間の正義、良識からすればひんしゅくを買うような生き方をする人こそ、じつは常にモラルについて考えている、考えざるを得ない道徳家であり、倫理家である、ということができる。

改めて言う。「秘めごと」「隠しごと」は人をもう一段上のオトナにする。それは、社会また自分に対してクリアーしなければならない問題を自ら抱えこむことになるからである。好むと好まざるとにかかわらず、「秘めごと」「隠しごと」をする人は、その分、物理的にも精神的にも重荷を背負うのである。

ひとことで言えば、愚かなことである。しかし、たとえそれが愚かなことではあったにせよ、愚行を演じはしないが、生きているのか死んでいるのかわからないような人生よりは、自らの求めるままに、納得のゆく生き方をしたほうがよいのではないか、という考えかたもある。

目の前に、ことによれば中毒性もあるかもしれないという美酒があるとする。そのグラスに口をつけるか、最初から手もつけないかは、その人その人の自由である。

社会や家庭の下僕として日々を生き一生を終るか、あるいは、リスクは十分承知していながらも自分の内なる欲求を解き放つ生き方をするか、それも、その人その人の自由である。

ただ、人の中には、どうしても下僕や奴隷のままで一生を終りたくない人がいる。そんな貧しい人生に耐えられない人がいる。

人は、そうそう簡単に、世間や社会のルールに飼いならされない。男のエロスだって、いわゆる風俗産業やエロサイトといったお手軽な撒餌《まきえ》で満足するとは限らない。

エロスは抑圧されれば、それが健康でエネルギーがあればあるほど、必ず「地下活動」を開始する。「秘めごと」が生まれる必然がある。

PART 5

# 「秘めごと」と「お忍び」の達人が潜み隠れた二十八年

「秘めごと」というものが、社会という陽のあたるステージから日陰の場へと身をずらし、湿りっ気のある、心地よい静かな場所をさがし求める行為であるとするならば、まさにタイトルも内容も、おあつらえ向きの作品を思い出すことができる。タイトルは『暗室』——。その一節。


「これから、どういう具合になるのだろう」

いろいろの考えが、私の頭に浮んで消えた。一つだけはっきりしているのは、今日もあの薄暗い部屋へ行くことだ。

夏枝のいる建物の口をくぐると、空気の中に微かに夏枝のにおいを嗅ぎ取る。いまの夏枝の軀には、においは無いといえる。しかし、官能を唆《そそ》ると同時に、物悲しい気分にさせるにおいが、微かに漂っている。階段を昇り、長いコンクリートの廊下を歩いてゆく。においはしだいに濃くなってゆく。それは、私にしか分らないにおいに違いない。やがてそのにおいが、鼻腔の中で噎《む》せるほどの濃さになる。

そのとき、私は夏枝の部屋の前に立っている。扉のノブを握る。その向うには暗い部屋がある。

引用したのは、この小説の最後、結びの一節である。作家はもちろん吉行淳之介。第六回谷崎潤一郎賞を受けた、この『暗室』に対して、たとえば文芸評論家の川村二郎は、吉行淳之介の他の文庫本（『星と月は天の穴』講談社文庫）の解説の冒頭に「昭和四十四年発表の長篇小説『暗室』によって、吉行淳之介は、疑いもなく、押しも押されもせぬ現代小説の代表者の一人となった。もはや彼を、いわゆる『第三の新人』中の小作家、いささかお品の悪いすねものの都会人、器用な洗練された小説作法の手だれ、という程度に見る読者はいないだろう」と語っている。文壇的にこのような評価を得た作品なのだが――

滅多にないことだが、「この女とは、軀の関係をつくることができるな」と感じたのである。

という最初の出会いの後、二度目の偶然によって夏枝との交渉が始まった「私」は――

私は街に出なくなり、その替りに夏枝の部屋へ行った。まとまった会話はほとんど交さずに、軀に溺れた。そのことができなくなったら、死ぬことしか私を待っていない、というような心持が私の中に蹲まっており、しばしば私を駆《か》り立てて夏枝の部屋へ行かせた。

「私」の夏枝との性愛は、それがなければ「死ぬことしか」ないような心理状況の中で、夏枝がひっそりと待つ、薄暗い部屋を訪れ、彼女の「軀に溺れ」る。流行作家・吉行のこの「秘めごと」はこの世の現実のあれこれから身を隠し、ただひたすら女体の快楽にのめりこむ、一種、快楽の冥府《めいふ》くぐりに似たものとなる。ある意味では命との引き換えの快楽への傾斜であり、当然のことながらそれは徹底した「お忍び」の形をとる。

毎日のように、夏枝に会い、その軀を求めた。それは、一人の女との絡まり合いを一層深くすることで、私の好まぬことである。しかし、そういう危懼《きく》を抱きながらも、会うことがやめられない。夏枝の性器の与えてくる感覚だけが私を引寄せてゆくのではなく、軀全体がその軀に貼付いてゆく。いつ倦きるか、とおもうのだが、同じことが連日繰返される。

こういった夏枝との性的な交渉の中で「私」は、夏枝の過去の男達との関係に触れたり、ズボンのベルトを笞《むち》がわりにして打ったり、夏枝お手製のビロードのボンデージでSM遊戯のようなことをしてみたりもする。遊戯に似たそれらの試みや性行為における彼女の反応の変化や「私」の感覚については作品の中で具体的に語られるが、しかし、この小説の主人公「私」が溺れたのは、ただ夏枝という女性の性的な嗜好、あるいは生理的反応だったのだろうか。

それだけではなく、夏枝の、女性の自然とは反する非生殖的傾向が「私」の望むところであって、その非生殖性こそが非家庭的な考えをもつ「私」にとって都合がよかったのではないだろうか。

性の行為が快楽を追求し満たすことだけを目的とし、生殖、つまり受胎や出産に結びつくことを拒否するのは、われわれ近代人の近代人たる一つの特徴でもあるだろう。『暗室』の「私」は、この点において徹底した、というより、それに命を賭けるほどの反自然的な近代人なのである。

一夫一妻制、また終身雇用的な男女関係と家庭の維持を前提とする結婚、そして出産というラインを想定しての性交という図式は、いわば陽の当たる男女の性愛関係といえる。

これに対し、ただひたすら性的な快楽を追求し、健全な社会生活とは無縁の男女の性愛関係は、まさに、性の快楽の洞穴あるいは沼に、ひそみ、溺れる、反社会的、あるいは非社会的な行為とみなされる。

実際、『暗室』の夏枝は、自分の部屋に閉じこもり、「私」の来訪を待ちつづけるだけで、まったくといっていいくらい外の社会との接触がない。

「私」にとって、夏枝のいる、いや夏枝という名のついた性的な女体が待っている「暗い部屋」こそは、「私」が社会的な存在を消し、性愛に溺れるための、つまり「秘めごと」のための絶好の空間なのであった。

もう一度、この『暗室』の結びを見てみよう。「私」は異常なほど嗅覚に鋭敏な人間らしく（もちろん、夏枝に執着があるからこそ、その感覚も、これはひょっとして幻臭の類いではないのかと思われるほどとぎすまされることになるのだろうが）、「建物の口をくぐると」微かではあっても夏枝のにおいを嗅ぎ取り、「階段を昇り、長いコンクリートの廊下を歩いてゆく」と「においはしだいに濃くなって」ゆき、「やがてそのにおいが、鼻腔の中で噎《む》せるほどの濃さになる」。そして、「そのとき、私は夏枝の部屋の前に立っている。扉のノブを握る」。

続いて、この小説の最後のフレーズとなる。――「その向うには暗い部屋がある」――。「暗い部屋」への接近が、嗅覚のズームアップで語られ、エンディングの言葉は「その向うには暗い部屋がある」である。

となると、「私」が耽溺したのは、単に夏枝という女体の性的な機能や反応だけではなく、彼女が、――世間からじっと身をひそめるように棲息する、「暗い部屋」という空間そのものだったのではないだろうか。「私」は「暗い部屋」という社会から隔絶された空間の中で、快楽に溺れつつ、仮死状態でいられたのである。

その空間は「暗い部屋」そのものが、「私」にとって秘所であり、その秘めたる、閉じられた空間に、もうひとつ、夏枝という秘所を有する性的存在がいるという〝入れ子〟状となっているのである。

陽の当たる世間から遁走したい人間にとって、こんなに理想的な〝装置〟はめったにない。

しかし、作家である「私」は、この、夢のような、あるいは悪夢のような秘所における「秘めごと」を一人、胸の内に秘めておくことができない。だから『暗室』という作品が世に現われることとなる。作品として生まれるためには「秘めごと」は当然のこと、相対化され、二人だけの「秘めごと」の世界ではなくなる。

表現者における「秘めごと」に必ずついてまわるパラドックスがここにある。現実の俗世間からなんとかして逃がれ、まんまと理想的な隠れ場所が見つかると、やがて自分の隠れ場所でのその「秘めごと」ぶりをなにかの形で世に示したくなる。『暗室』の「私」もその一人だったのだ。

ところがものごとには往々にしてドンデン返しがある。これは、吉行文学のファンならずとも文壇事情に少しでも関心がある人にはよく知られたことなのだが、この『暗室』という作品に呼応（?）するような、事態が起きる。

『暗室』を書いた吉行淳之介が没した平成六年の翌年、死の直前まで関係の続いていた『暗室』の夏枝のモデル、大塚英子という女性が『「暗室」のなかで――吉行淳之介と私が隠れた深い穴』（河出書房新社）と題する手記を発表する。

作家が作家の「秘めごと」を作品として現わしてしまうのは、一面的であるというために、まだ、その「秘めごと」は想像力の世界にとどまっているかもしれないが、その秘めたる関係の相手が、その一部始終を（それがたとえ一方的な、かたよりがあるにせよ）世に示してしまうと、あたかも薄暗い閨房に、反射板《レフ》を当てるようなもので、それはリアルではあっても、少々コッケイなものにならざるを得ない。

『暗室』の中での性的な「私」の独白や思考も、読み手の受け取りかたによっては、かなりコッケイと感じさせる部分があるのだが、それはそれで、一つのポーズが保たれている。しかし、性的関係のあった相手に、その周辺のあれこれを書かれてしまうと、そして二つの記述を合わせ読みされてしまったりすると、作品としてのポーズの枠がはずされてしまうためか、無様といっていいほど素朴な、一人の男の姿が出現してしまう。

こうなると「秘めごと」どころの話ではない。当事者の男と女の関係に、さまざまな特殊性があったにせよ、それは世によくある「愛の物語」であり、もっと俗に堕すれば、単なるノロケ話となる。

この『「暗室」のなかで』の特殊性はといえば、なにより相手が、作家・吉行淳之介という男性であったということと、この「秘めごと」が二十八年間にわたって継続したという徹底性にあるだろう。その二十八年間の秘めたる男女の関係は、「私」、いや吉行淳之介の生にとって切実に必要な、また都合のいいものであったかもしれないが、それは一方的なものであるはずもなく、彼女にとっても不本意なものではなかったはずである。そう思わなければ彼女に失礼である。女性の側に、相当のプライドというか、矜持がなければ、秘めた関係はそう長く維持できるものではない。

ところが、その二十八年間の関係に吉行の死によって終止符が打たれると、「作家・吉行淳之介の陰の恋人が描いた衝撃の愛の記録！」（一九九七年刊、河出文庫の帯のコピーより）といった著作が世に出ることとなる。それが大塚英子著『「暗室」のなかで』である。十分に俗でゴシップ好きの私はこの『「暗室」のなかで』を読むことによって、改めて吉行の『暗室』をきちんと読んだ次第なのだが。

その「まえがき」は死を目前とする吉行のことから始められる。

どうしても理解出来なかった、聖路加国際病院への転院の件。銀座の見える場所へ行かせたかった？　彼は銀座なんか見たくもなかったのです。もう十何年も前から銀座になんか行かなくなっていたし、銀座と聞いただけで吐気がすると言っていたのです。

これは吉行の死の直前、何らかの理由により、それまでいた虎の門病院から聖路加国際病院に転院させられたことへの言及だが、吉行の、このころの銀座へのネガティブな思いが明かされていて、ちょっとびっくりする。というかシラケる。それはさておき、この後の記述はこれより少し時間がさかのぼる。

平成六年六月一日夜、吉行は医師から告知を受けました。翌六月二日早朝、私は電話で彼自身から告知されたのです。(中略)
それからの日々、食事も喉を通らず、毎日毎日泣いて暮し、あまり泣いているので、M女史の眼を避けながら、ちょっとした隙間に電話してくれて、逆にはげまされるような状態でした。

このガン告知からさらに二ヵ月半ほどさかのぼる三月十六日の記述。

幸いなことに、と言ったら失礼かもしれませんが、その夜、M女史が静岡へ出かけて行ったのです。彼はそのことも、もの凄くうれしかったようでした。気兼ねなくゆっくり話が出来るのですから。

ここに登場する「M女史」とは、吉行の『暗室』では「マキ」という名で登場する。吉行の文学とその周辺を知る人なら（ああ、モデルはあの女性か）と誰でもわかる女性、その人である。この「M女史」は当然、何度も登場する。

その後、虎の門病院へ通院する度に、M女史が付き添って行くので、私達はなかなか逢うことが出来ませんでした。

平成六年四月十二日、約二カ月半ぶりに感激の対面。彼は私を抱きしめたまま、「エーコはガンバッた、エーコはガンバッた」そう言いながら、いつまでも抱いていてくれました。

（中略）

吉行は、平成六年五月九日入院（最後の入院になってしまった）の前に私に言いました。

「僕はこの世に、エーコ以外、心底心を許せる人間が一人もいないんだよ。君の存在は本当に貴重だよ。七月には帰れると思うから、いい子してお留守番していてね。

（後略）」

といった言葉が書きとめられている。

この十九頁に及ぶ「まえがき」は、吉行の闘病記でもあるのだが、第一章『暗室』のなかへ」、第二章「『暗室』のなかで」では、吉行との出会いや二人の「暗室」の中での姿態や会話がリアルに描かれる。無責任な読者としては闘病記周辺のあれこれよりは、この時期の話が面白い。著者の筆も生き生きと走っている気がする。なにより当時の文壇の裏面がうかがえる。

彼は、「アサヒ芸能」編集者F氏と、当時リライトを担当しておられた長部日出雄氏と一緒だった。三氏とも、すでに大分酔っておられたようだった。昭和四十一年三月末の夜である。吉行は路上で、いきなり夏枝の腕をしっかり掴むと、F氏と長部氏を足で蹴る真似をして……シッ、シッ、あっち行け……と言った。その仕種は、やんちゃな幼児のようであった。勿論、両氏とも苦笑しながら、その場を離れて行った。

これは、彼女と吉行が初めて性的な関係をもつことになる夜の一景である。そして、四十五年春、四年間在籍した東銀座のクラブ「ゴードン」を辞める。

「君が、どうしても外へ出掛けないと気がすまないっていうんじゃなかったら、もう、ぜんぶやめちゃえよ」

吉行のその言葉で、すべては決まった。

夏枝は、銀座という場所に完璧に訣別を告げ、昭和四十五年三月末日、あらゆるしがらみを断ち切り、吉行淳之介一人のために生きる、隠遁生活に入ったのである。

その隠遁生活の根城こそが彼女の、そしてまた吉行が彼女と会う「暗室」だったのだ。

「暗室」についての吉行の言葉が書かれている。

「こんないいところないよ、キミ、ここは都会の中の穴だ。静かな穴、やさしい穴、暗い穴、二人だけの暗い穴だ」
吉行は、「暗室」の中でいつも幼児のようであった。

この「幼児のようであった」から吉行が彼女のまえで気を許していることがうかがえる。しかし「秘めごと」を重ねる男と女が、幼児や子供のようでなければウソではないか。男と女の愛の手記はどうしてもノロケの香りがただよう。

さて、第三章は「『暗室メモ』より」と題する日付入りの吉行の闘病に関わる記録となるのだが、第一章、第二章の彼女の記述を読んでいても気づかされるのが、彼女の文章は克明な記憶と同時に、過去の出来事の描写に、日付が入っていることである。

つまり、彼女は、少なくとも吉行と会ったころから、日記あるいは日付のあるメモをつけていたことになる。

これは、先日、鴨下信一著『面白すぎる日記たち』(文春新書)を読んで、遅まきながら確証が得られた。私の手元になく、私は知らなかったのだが、『「暗室」のなかで』の著者、大塚英子には、『「暗室」日記』(上・下巻、河出書房新社)がある。

そして、この日記には、彼女と吉行の性行為が符号(◉◎◎○)で記されていることを

『面白すぎる日記たち』は紹介している。

著者が二十八年間の「暗室」の中で、吉行との行為を重ねながら、蚕《かいこ》が糸をつむぐように、性交の質や回数などを含めた日々の記録を残していたかと思うと、一種、感動に近い気持ちにさせられる。

しかし二人の、「秘めごと」であったはずの世界が、結局は白日のもとに晒される。いや、双方が自ら陽の下に晒す。一方は、小説として。そして一方は、相手の死後であれ、愛の日々をつづるノンフィクションとして。

暗いままの「暗室」など、やはりありえないのだろうか。あるいは、二十八年にもわたる「秘めごと」があまりに完璧であったため、その「秘めごと」が終ったとき、それを誰かに伝えずにはいられなくなったのか。

私は、著者略歴の上の顔写真と、カラー口絵の「暗室」での著者の長く下ろしたストレートの髪や、大きなイアリング、そして虚空を見つめているような美しい黒い瞳にじっと見入ってしまう。この女性が「暗室」という装置、一人の男が隠れ棲み性愛に溺れた巣を営んだのだ、と貴種の生物を観察するような心持ちで、著者の顔写真に見入ってしまう。

PART 6

# 人目をくらます異体の表記が
# 日記文学の傑作を生み出した

日記といえば、大塚英子の『「暗室」日記』の存在を私に教えてくれた鴨下信一の『面白すぎる日記たち』には、私の思い込みに〝要注意〟の信号を発してくれた記述がある。

それは石川啄木の『啄木・ローマ字日記』に関することである。私は、啄木がある時期、日記をローマ字体で書いたのは、ただ、妻の節子に読まれたくないための方策、となんとなく思い込んでいた。

『一握の砂』や『悲しき玩具』の若き歌人がまた、浅草十二階下の銘酒屋といわれる私娼窟周辺で春を買い求めていた遊蕩児であることをエピソードとして知っていたためだろうか、啄木の『ローマ字日記』は妻の目をくらますため、と思い込んでいたのである。啄木に対する中途半端な知識が（啄木ならやりかねない方法だな）と思わせたこともあるにちがいない。

ところが『面白すぎる日記たち』では、「啄木の妻はローマ字が読めたはず」と小見出しのつけられた一文で、筑摩書房版啄木全集の小田切秀雄の解説として、啄木の妻節子は外人に英語を習い、函館では小学校の代用教員をしていたのだからローマ字が読めないはずはない、啄木は妻の目から隠すというよりは、日本語ではどうしても書き難い内容を、ローマ字を使うことで〈自己を解放して〉書いたのだ、という。

じつは、啄木のローマ字日記を、妻の目を避ける「秘めごと」と思い込んでいた私は、この日記を、「秘めごと」の一例として取り上げようと思っていたのである。

啄木が浅草十二階を歌ったころの日記を読もうと入手はしていたが、「はしがき」と「解説」をざっと飛ばし読みしたくらいで、本文はほとんど精読していなかった『啄木・ローマ字日記』（岩波文庫・桑原武夫編訳）を改めて手に取った。そして、入手したとき、目を通したはずの、横組みによる「解説」を今度はきちんと読まないわけにはいかなくなった。

と啄木のローマ字表記の理由を紹介している。

私はまたしても自分に呆れてしまった。読んだ部分を忘れているのと、さらに誤って記憶したりしてもいる。私は何を読んでいたのだろう。桑原武夫の解説は、啄木への愛情あふれる、気迫のこもった力作なのであった。そして、ここには、啄木が日記をローマ字体で書くことにした理由についてもちゃんと触れられていた。

「啄木はローマ字という新しい表記法をとることによって、彼の上にのしかかるいくつかの抑圧《レプレッション》から逃れることができた、と考えられる」とし、

(1)それが家族の人々には読まれない、という意味で精神的、さらに倫理的抑圧から。(2)日本文学の伝統の抑圧から。(3)それらをもふくめて、一般に、社会的抑圧から。それらから逃れて、この日記のうちに彼は一つの自由世界をつくることによって、その世界での行動すなわち表現は、驚くべく自由なものとなりえた。

と説明した上で、さらに、

〝ローマ字日記〟は、啄木の生活の実験の報告だが、同時に、彼の文学の実験であったことはいうまでもない。それが文学者ということだが、彼は文章の力によって自己を究極まで分析しようとした。そのため、その文体は誠実と同時に緊張を要請され、

そこに新しい名文が生まれた。

と、ローマ字体だからこそ「新しい名文」が生まれたとし、続けて、

〝ローマ字日記〟は未熟な面をのこしながらも啄木の全要素をふくむものであり、日本の日記文学中の最高峰の一つといえるが、実はそれではいい足りない。いままで不当に無視されてきたが、この作品は日本近代文学の最高傑作の一つに数えこまねばならない。

と、最大級の賛辞を送っている。

私は、二十五頁にわたるこの啄木への真情あふれる桑原武夫による解説に導かれて、『啄木・ローマ字日記』を精読しなければ、と思った。しかし、ローマ字に対してなんの思い入れもない者にとってはローマ字体はやはり読みにくい。後半に付された「やや新しすぎるかも知れない」と訳者の桑原自身がいっている、訳文の方を先に読んでしまう誘惑にかられている。

ともかく啄木の『ローマ字日記』そのものにあたってみよう。この日記は一九〇九（明治四十二）年四月七日から書き始められる。このときの啄木の住まいも日記に記されている。HONGO-KU MORIKAWA-TYO 1 BANTI, SINSAKA 359 GO, GAIHEI-KAN-BESSO NITE. つまり　本郷区　森川町　一番地、新坂三五九号　蓋平館《がいへいかん》別荘にて。

この住所を見て、私は、現在の東大前の古書店が並ぶ通りから、少し左に入ったところに今でも〝そびえ建つ〟木造の軍艦のような「本郷館」を思い浮かべてみる。「本郷館」も明治末からの下宿旅館だったという。

『ローマ字日記』を見てみよう。ローマ字日記の書き始め（四月七日）の日の文中にこんな一節が現われる。

> Sonnara naze kono Nikki wo Rôma-ji de kaku koto ni sitaka? Naze da? Yo wa Sai wo aisiteru; aisiteru kara koso kono Nikki wo yomase taku nai no da.——Sikasi kore wa Uso da! Aisiteru no mo Jijitu, yomase taku nai no mo Jijitu da ga, kono Hutatu wa kanarazu simo Kwankei site inai.

このローマ字文の編訳者、桑原武夫が「現代の日本文としては、やや新しすぎるかも知れないが」「苦心したつもりである」と自ら語る日本語文（岩波文庫では訳文も横組み）、

そんなら　なぜ　この日記をローマ字で書くことにしたか？　なぜだ？　予は妻を愛してる；愛してるからこそ　この日記を読ませたくないのだ。――しかし　これはウソだ！　愛してるのも事実、読ませたくないのも事実だが、この二つは必ずしも関係していない。

この一文を前にして私の頭は混乱する。日記をローマ字で書くことにした理由を啄木自身が語っている部分なのだが、この日記を妻に読ませたくないから、と言いつつも、それをまた彼自身が「これはウソだ！」と否定しているからだ。
「これはウソだ！」を額面どおりにとれば、日記をローマ字で書くことにしたのは「妻を愛してる；愛してるからこそ　この日記を読ませたくないのだ」ということではなくなる。つまり、妻に日記を読まれるのが嫌だからという理由でローマ字日記にしたのではない、ということになる。

それならば、なぜ——となれば、先に紹介した桑原武夫の解説に頼ることとなる。私なりにこれを要約、解釈すると、ローマ字文で書くことによって、赤裸々な日記をつけることに関するもろもろの抑圧から自由になることと、もう一つ、明治の四十年代前後に始まる北原白秋や平野万里らによるローマ字文での新しい表現への啄木なりの参加というか、試みであったのではないか、ということになる。そうか、ローマ字は新しい、モダンな文章表現の一つだったのか、と私は、白秋のローマ字体で表わされた詩集の装丁なども思い出しながら、遅ればせながらも合点する。

『ローマ字日記』、書き始め、二日目（四月八日）を見てみよう。その後半に、啄木の生涯の親友（であり恩人）の金田一京助の人物評が書かれている。

われわれにとって国語辞典で親しい名の金田一京助（言語学者、ユーカラの研究等で文化勲章受章）は、このとき石川啄木と同じ、本郷の蓋平館《がいへいかん》に住んでいた。啄木とは部屋を行き来する親密な友であり、啄木のよき相談相手でもあった。

その「金田一君」を啄木はこう書き留めている。キンダイチ君が淡い思いを寄せているオキヨという、よく働く性格の強い「女中」のことにふれた後、

Ippô, Kindaiti-kun ga Sitto bukai, yowai Hito no koto wa mata arasoware-nai. Hito no Seikaku ni Ni-men aru no wa utagô bekarazaru Jijitu da. Tomo wa Iti-men ni makoto ni otonasii, Hito no yoi, yasasii, Omoiyari no hukai Otoko da to tomo ni, Iti-men, Sitto bukai, yowai, tiisana Unubore no aru, meme-sii Otoko da.

（桑原訳）　一方、キンダイチ君がシットぶかい、弱い人のことは　また争われない。人の性格に二面あるのは　疑《うたご》うべからざる事実だ。友は一面に　まことにおとなしい、人のよい、やさしい、思いやりのふかい男だとともに、一面、シットぶかい、弱い、小さなうぬぼれのある、めめしい男だ。

と評している。しかも金田一君が思いを寄せているオキヨの、なまなましい夜の「秘めごと」ぶりを「あす　さっそく　キンダイチ君に知らせようか？　いや、知らせるのは残酷だ……。いや、知らせるほうが面白い……」などと心の中で弄《もてあそ》んでいる。

　このあたり、いかにも青春時代の〝親友〟の面目躍如といったところ。なにも啄木が特別、性格のゆがんだ若者というわけではないだろう。

こういった、本郷の下宿生活の記録とともに、この『ローマ字日記』には啄木の窮乏生活と、しかも、上京を切望する家族の生活を背負わなければならない、というギリギリの苦悩もたびたびつづられる。

もう一つ、この日記で見過すことができないのが、若い啄木の女性たちとの交渉の記録である。

Ikura ka no Kane no aru toki, Yo wa nan no tamerô koto naku, kano, Midara na Koe ni mitita, semai, kitanai Mati ni itta. Yo wa Kyonen no Aki kara Ima made ni, oyoso 13-4 kwai mo itta, sosite 10 nin bakari no Inbaihu wo katta. Mitu, Masa, Kiyo, Mine, Tuyu, Hana, Aki……Na wo wasureta no mo aru. Yo no motometa no wa atatakai, yawarakai, massiro na Karada da: Karada mo Kokoro mo torokeru yô na Tanosimi da.

しかし、当然のこと啄木の心と体は彼女たちによって癒されはしない。この文の後に、次のような荒涼とした啄木の性行為の記述がつづく。日本文ではあまり読みたくない一節である。

日本文で読みたくない、と思わず私の気分を言ってしまったが、これこそローマ字日記の一つの効用であったのかもしれない。ローマ字表記ということで、読む側も多少なりとも救われるのだ。

「18のマサ」との交渉の後の出来事なのだが、

Onna wa Ma mo naku nemutta. Yo no Kokoro wa tamaranaku ira-ira site, dô site mo nemurenai. Yo wa Onna no Mata ni Te wo irete, tearaku sono Inbu wo kakimawasita. Simai ni wa go-hon no Yubi wo irete dekiru dake tuyoku osita. Onna wa sore de mo Me wo samasanu: osoraku mô Inbu ni tuite wa nan no Kankaku mo nai kurai, Otoko ni narete simatte iru no da. Nan-zen-nin no Otoko to neta Onna! Yo wa masu-masu ira-ira site kita. Sosite issô tuyoku Te wo ireta. Tui ni Te wa Tekubi made haitta. “U-u,” to itte Onna wa sono toki Me wo samasita. Sosite ikinari Yo ni daki-tuita. “A-a-a, uresii! motto, motto-motto, a-a-a!” Jûhati ni site sude ni Hutû no Sigeki de wa nan no Omosiromi mo kanjinaku

なっている女！ 余はその手を女の顔にぬたくってやった。
natte iru Onna! Yo wa sono Te wo Onna no Kao ni nutakutte yatta.

四月十日の日記からの一節。都市の闇の底で身もだえする、荒れて、ささくれだった啄木の心が透けて見える。

しかし一方、啄木は、こんな出合いも経験する。啄木が釧路時代に交渉があった芸妓、小奴（コヤッコ）によく似た千束町のハナコ、年は十七。五月一日の夜のことである。

今夜のように　目もほそくなるような　うっとりとした、ヒョウビョウとした気持のしたことはない。予は　なにごとをも考えなかった：ただうっとりとして、女のはだの暖かさに　自分のからだまで　あったまってくるように　おぼえた。そしてまた、ちかごろは　いたずらに不愉快の感をのこすにすぎぬ交接が、この晩は2度とも　快くのみすぎた。

と。ところで、このハナコを買った金は勤め先からの前借りで、質に入れた友人の時計をうけ出さなければならぬ金であり、あるいは、たまった家賃のためでもあり、もともとそれ以前に、北海道に残した妻子は啄木からの送金を鶴首の思いで待っている、そういう切羽つまった金だったのだ。それを、十七の女を買うために使ってしまったのだ。どうするの！　啄木。

それでも、この一節に関して桑原武夫は「解説」で、

　その小奴によく似た17の娘の温かな肌において、彼がはじめて満足をかちえるところを読んでいると、私たちも何だかうれしくなる。妻子に送るべき前借の金で妻を裏切っている男を祝福したくなるとは！

と、常識的なモラルの善悪を超えて、啄木への深い思いを吐露している。

啄木の日記は、生活の悲惨さを反映した記述が多いが、ところどころに当時の東京の情景が書き残されているところも、ありがたい。

若き娼婦を求めて行く場所でも、千束（いわゆる十二階下の魔窟のあたりだろう）と浅草・吉原の町の雰囲気の違い、あるいは花見時の向島から千住への隅田川をさかのぼる船旅の様子など、臨場感にみちた文章で書き留められている。

啄木の日記は、啄木自身が親友の金田一京助に「あなたに遺すから、あなたが見て、わるいと思ったら焚いて下さい。それまででもないと思ったら焚かなくてもいい」といったといわれ、また節子夫人によれば「啄木は焼けと申したんですけれど、私の愛着が結局そうさせませんでした」と残したものという。

啄木の日記のうち、ローマ字で書かれた、この、いわゆる『ローマ字日記』は、通算七十一日にわたる記録だが、ローマ字による表記のためもあってか、若き信仰者の懺悔《ざんげ》録とでもいいたくなるような、切実な告白記と思えてくる。

ワープロやパソコンがいまだに使えない私は、ローマ字日記を引用するとき、このローマ字文も手書きで書き写した。そしてあらためて思う。啄木は、このローマ字のアルファベットの一文字、一文字を、どのような気持ちで書きつづっていたのだろうか、その部屋はどんな明るさ暗さだったのだろうか、机はどんな机だったのだろうか、と。

ところで、『ローマ字日記』で私にすぐに連想を呼びおこすのは、ローマ字日記ならぬ「漢文日記」である。

江戸の文人や明治の漢学者が漢文で日記を書いたとしても、それはまったく不思議でもなんでもないが、この人、明治の漢学者なのだが、一つの日記は、いわゆる普通の漢字仮名まじり文で書き、もう一つは漢文のみで書き残している。

しかも、ここがなんともすごいというか破天荒というか、他に例をみないのが、普通の文体で書かれたのが〝本宅日記〟、そして、なぜか（というよりこれは明らかに同居者に読まれたくないためだろう）漢文で書かれたのが〝妾宅日記〟と、同時並行的に書きつづられているのである。

しかもこれら本宅日記、妾宅日記ともに、物好きが手なぐさみで書き残したような半端なものではない。研究者の間では、幕末から明治にかけての一級の文化史的資料と評価されているのである。この〝本妾〟ダブル日記をつけていたのが明治の漢学者で劇作家、また明治前半の演劇改良運動の中心的存在という、つまりは当時の代表的文化人の一人、依《よ》田《だ》学海《がっかい》という人。

その依田学海が、一八五六（安政三）年から一九〇一（明治三十四）年まで、つまり明治維新をはさむ半世紀にわたって毎日の出来事や人々との交流を書き留めた、四十四冊にのぼる日記がある。いわゆる本宅日記。筆者・学海自ら題して『学海日録』。

ところが、すでに知られているこの『学海日録』とは別に、韓国へ客員教授として派遣されていた平安朝文学の研究者・今井源衛が、ソウルの韓国国立中央図書館で、依田学海『墨水別墅雑録《ぼくすいべつしょざつろく》』と題する五冊本の日記を発見することになる。昭和五十八年のことである。

「別墅」とは今は、ほとんど使われないなじみのうすい言葉だが、その意味は「下屋敷、別荘、また別宅」という。

四十四冊の『学海日録』が、本宅日記、そして、奇跡的に後に、しかも国外で発見された五冊の『墨水別墅雑録』が妾宅日記。妾宅日記が東京・向島の別宅で漢文によって書かれた明治十六年九月半ばから三十二年十二月末までの十六年余の間、本宅の東京・神田小川町では普通の日本文で別の日記が書かれていたのである。

つまり、学海先生、十六年余にわたり、本宅と妾宅の二重生活だけではなく、並行して二重日記をつけていた。となると、どうしても、向島の妾宅の様子やその女性の面影を知りたくなる。昭和六十二年、吉川弘文館から今井源衛を校訂者として刊行された『墨水別墅雑録』の「解題」から引用する。

彼はこの別荘の女主人として、明治十年以来婢の身分で仕えている愛妾山崎瑞香を置いていた。

瑞香は学海よりも三十一歳年下の美人である。森鷗外の「ヰタ・セクスアリス」の中に顔を見せる「文淵先生」は学海であり、その向島の邸で先生の御用を勤めている「お召使い」が瑞香である。「お召使い」というのは、鷗外の母が、そう呼んだというのであって、それには特別のニュアンスがあった。学海とのそうした関係は当時世間周知のことなのであった。

瑞香は利発な女性らしく、幼時に養父の定吉から教えられ、三絃・月琴に巧みで、また詩歌をよくし、生花も上手らしく、書もまた体を成した。学海は彼女を「書婢」として、原稿の浄書や抜き書きなどに従わせたが、常に外出には彼女を伴い、四季折々の遊楽には相携えて楽しんだ。彼女に対する学海の愛は深かったのである。

という。学海よりも三十一歳も年下で美人、しかも利発で諸芸の心得もある愛妾、瑞香さんへの学海の愛と、それに仕える「書婢《アシスタント》」でもある瑞香さんの関係は、世の男たちに羨望の情を起こさせる類いのもののように見えるが、そうは問屋がおろさない。学海先生の悩みごとは他ならぬ『墨水別墅雑録』に綿々としるされている。このことは後述する。

ところで、学海のなんとも興味ぶかい、この二つの日記について私が知ったのは、そう昔のことではない。というのは、早くからその資料的重要性が認められていた『学海日録』はもちろん、昭和五十八年に発見された『墨水別墅雑録』も、二十年ほど前には、現代の書籍として姿も形もなかったからである。

まず、姿を現わしたのが、妾宅日記の方の『墨水別墅雑録』。これが一九八七年吉川弘文館から刊行され研究者、読書人の間で大きな話題となる。それに触発されるように、というか満を持してというか、一九九〇年『学海日録』が別巻含めて全十二巻の全集として岩波書店から刊行されることとなる。

この『墨水別墅雑録』と『学海日録』の刊行は〝事件〟だったのだろう。私は、一九九三年「月刊Ａｓａｈｉ」の一、二月合併号の特集「日記大全」で、この〝事件〟を知る。近代以後の日記という表現形態に多少の興味はあり、雑誌の「日記特集」など、目につけばとりあえず入手していた私は、この「月刊Ａｓａｈｉ」の「日記大全」と題された特集のボリュームと質に圧倒され、即購入したのである。

その巻頭対談が山口昌男と谷沢永一、司会が山野博史。この人選だけで、内容が期待できる。ここで、学海の日記が取り上げられ、絶賛されていたのだ。しかも、このとき岩波からの『学海日録』は刊行中というタイミング。この座談から一部紹介したい。

**山口**　いまずっと出続けている明治の文人、依田学海の日記『学海日録』。あれは活字になるなんてこと、想像しなかったでしょう。十二巻ぐらいになるやつを、とにかく何十年にわたって書き続けていた。ところが、それで終わらないで、お妾さんのところで並行して別の日記書いてた。『墨水別墅雑録《ぼくすいべつしよざつろく》』。これがあきれるほどおもしろいですね。依田学海の日録を読んでると、「墨水より帰る」「墨水より帰る」とやたら出てくるんです。墨水ってなんだと思っていたら、お妾さんの家なんですね。真面目なやつは岩波書店から出版されて、お妾さんの家でつけていたやつは吉川弘文館から出た。

**谷沢**　弘文館のほうが先に出たんです。

**山口**　もっと荒唐無稽な出版元から出してもよかったのにね。

**山野**　出版そのものが地味すぎました。

**山口**　お妾さんのところへ行って、でもお妾さんには読めないように漢文で書いた。あの二つの日記のスタイルは、非常に洗練されていて、われわれじゃあ、模範としても真似することできないけど。

**谷沢** ちょっと超越的でね。あれが出るまでは、日記文学というジャンルがあるとすれば、永井荷風の『断腸亭日乗』がトップと決まってたけど、その座を譲りますな。記録性とおもしろさ、において。『断腸亭』は構想して築き上げたおもしろさでしょう。

**山口** 反応をちゃんと見込んでいた。

**谷沢** 学海の場合は、いわばしっちゃかめっちゃかで。

このあとも、妾宅日記の内容や発見者の今井源衛氏への賞賛など、学海の日記にまつわる話が硬軟とりまぜて楽しく語られる。なにせ荷風の『断腸亭日乗』がトップの座を譲り渡すほど、というのだから、どうしたって実物に触れたくなる。

岩波からの『学海日録』と吉川弘文館の『墨水別墅雑録』を二冊読み比べ、その並行記述を楽しむためには、「日録」と「雑録」共に目の前になければ不可能なことである。ところがこれがなかなか実現不可能。両者そろっている図書館が身近にないのだ。「日録」

「雑録」求めての小さな行脚とその結末は、私なりの感慨がなくもないが、それは探書自慢に堕することとなるので略すこととする。

ともかく私は、学海がその愛妾の存在は世に隠し立てしなかったものの、妾宅での日誌は彼女には知られたくないためか得意の漢文で書きつづったという「秘めごと気分」を微笑ましく思いつつ、気ままに「日録」と「雑録」を読みくらべ、また、「日録」の別巻に収録された学海自筆による「学海先生一代記」なる詞書き入りのイラストレーションの、洒脱な達者ぶりに舌を巻くという、学海三昧にふけるのである。

そして、さらに、もしも、向島の学海の若き愛妾で書記の心得もあったといわれる瑞香さんが、学海に隠れて、墨水での学海との日々を「瑞香日録」として残しておいてくれたら、それこそ、世界で空前絶後の日記文学が打ち立てられたのではなかったか、と夢想するのである。

今日の墨水・向島の堤には明治の面影は望むべくもないだろうが、『墨水別墅雑録』にも登場する同じ向島の住人『梵雲庵雑話』の淡島寒月の句のある〝なで牛〟の牛島神社や、長命寺の境内にある『柳橋新誌』の成島柳北の長い顔がレリーフされている石碑や、その長命寺の斜め向いにある小林清親や井上安治に描かれた常夜燈などをながめながら、堤の上や、その下の苑路をトボトボと歩いてゆくのは楽しくないことではない。

私には、あの浅草生まれで向島もよく知り、やがて戦後の東京、とくに自分の生まれ育った下町を唾棄する石川淳のような〝純度の高い〟モダニズムはない。それはもう批評精神といったものではなく、単なる冷淡というものではないか。

私は、隅田川や向島・墨堤が残っているだけでもまだマシと思い、また、かつて墨堤に棲み、この墨堤を愛し、それを日録や作品に残してくれた先人をなつかしむことができるだけでも、まずはよしとするのである。

明治や戦前の風景が消えたからといって、そう簡単にこの向島・墨堤を見捨てて、あるいは忘れてなるものか。

それはさておき、学海先生の本宅日記と妾宅日記をちょっとのぞいてみたい。まずは本宅日記『学海日録』より。

明治二十二年八月二十日。


廿日。けふは中邨道太氏の来る約あれば、午後まで待居たりしかど来らざりしかば、墨水にゆく。廿七日、かへる。（『学海日録』第七巻）

山口昌男氏が先の対談でも指摘しているが、この「墨水にゆく」が墨水、つまり向島にある瑞香の待つ、別墅、妾宅へ出向くこと。
では、このあとの学海先生の行動記録を妾宅日記『墨水別墅雑録』であたってみよう。
日付は同じく八月二十日。

　廿日　来。驟雨傾盆。荷香払々。
　如此良宵奈爾何　依稀遥遁一池荷
　満楼涼月湘簾底　低弄三絃緩唱歌

漢文の素養、まったくない私は校訂者・今井源衛の訳文に頼るしかないが、慣れてくるとなんとなく大まかな意味は字ヅラからも想像できる。

　二十日　来たる。驟雨盆を傾く。荷香払々たり。
　此の如きの良宵爾《なんじ》に奈何《いかん》ぞ、依稀として遥かに遁《おく》る一池の荷《はす》。

満楼の涼月湘簾の底《うち》、低く三絃を弄びて緩かに唱歌す。

などと、向島の妾宅に着いた後、「盆を傾」けるようなにわか雨があり、妾宅の池の蓮の香がかおり風の音するさまを記し、加えて七言絶句の詩を作り書き添えている。詩にしたがえば、学海先生、妾宅での驟雨の宵、すだれの下がる部屋の中で、三味線を伴奏にゆるやかに歌など歌って過ごしているらしい。三味線を弾くのは若い愛妾の瑞香さんだろうか、あるいはご本人だろうか。

ところで、『墨水別墅雑録』（以下『雑録』と記す）の今井源衛による解題にこの妾宅に関する記述がある。学海が「柳蔭精盧」と名付けたこの別墅の周囲の環境や庭の様子などもわかるので、ここに引用しておきたい。

学海は明治七年四月に向島須崎村の尼寺青雲軒に寓し、翌年その地に自邸を建てた。（中略）その地は、現在の弘福寺に近く、当時の字大下百六十二・百六十三・百六十五の三つの番地に跨って、隣は榎本武揚邸、道を距てた向い側に成島柳北邸があった。学海はその数年後の明治十四年に、四谷塩町に、さらに十六年六月には神田小川町に転宅したが、しかしこの向島の邸宅はそのままに残して、以後別荘として用いた。そのかなり広い邸内敷地は、それぞれの番地に従って宅地・庭・園（菜園の意か）に分け、庭には桜・梅・秋海棠・さるすべり・芭蕉・藤棚があり、池には蓮花が開いた。

学海先生、こんなロケーションの地に、明治十年以来、「婢の身分で仕えている」愛妾・山崎瑞香を住まわせていたのである。この瑞香さん、先生よりも三十一歳若い美人というから、まさに艶隠者。ちょっと許しがたい、よき身分ではないか。

ところで、『学海日録』（以下『日録』と記す）別巻に収められている学海自筆のイラストレーションと画中の詞書きによる「学海先生一代記」（これが傑作！）の中に、向島の堤の下の尼寺とおぼしき門に訪れた人物の、

「こゝらによひ家はありませせぬか。わたしは向島に住居して見たいと思ふて、たづねて来ました。

「やれ〱、ようお出なされました。わたしの庵をおかし申ましやう。ゆる〱御さがしなされませ。

『学海日録 別巻』（岩波書店）より。112〜113頁も同様

「よひ家もござりませねば、別に御建なさるがやうござりませう。

という、尼僧と学海先生のやりとりを絵と文で描いている。そして次のページに、池のある庭と二階建ての家の建つ屋敷が描かれ「柳蔭精廬を築きしは、明治八年四月の頃なり。」という詞書きが添えられている（この絵入り「学海先生一代記」、尾崎紅葉が見て欲しがり、学海先生も「私が死んだら形見に進上しようと堅い約束をした」ということが学海の子息の依田春圃氏の話として全集の「月報」5に紹介されている）。

さて、日記に戻ろう。

八月二十日、小川町の本宅から向島の妾宅に来て、驟雨の音をききながら愛妾・瑞香さんと過ごしたその翌日は――

廿一日　晴色如拭、携瑞香遊木母寺、午飯植半亭

二十一日の朝は昨夜の雨もカラリとあがって「晴色拭ふが如し」という天気。「瑞香を携へて木母寺に遊び、植半亭に午飯す」ということになる。向島の白鬚より先、悲話・梅

若伝説で知られる墨堤の名所・木母寺まで瑞香を連れて散歩をし、料亭の「植半」で昼食をとっている。

ちなみに「風俗画報」の増刊「新撰東京名所図会・隅田堤（下）」（明治三十一年刊）を引っぱり出して見てみると（こんなことをしているから原稿がなかなか先に進まないのだが）、「植半」は墨堤に二軒あって、江戸時代からの「植半」は木母寺の傍に、支店の「植半」は言問の付近にあり、従来の店を〝奥の「植半」〟、支店を〝中の「植半」〟と呼んだとある。

そして、その二つの「植半」の様子が明治石版画で描かれている。

この日、学海先生と愛妾が訪れたのは木母寺なので、多分、〝奥の「植半」〟で昼食をとったのではないか。まあ、どうでもいいようなことだが、こうして「風俗画報」の、リアルタイムで描かれた「植半」の様子を、じっと見入っていると、学海先生と瑞香の姿が想像できるような気がしてくる。

この日の日記にも学海による七言絶句の詩が添えられている。その内容は「植半」における蟬の声や池の中で泳ぐ無数の魚が蓮の葉を動かし、蓮の香をただよわせる様子、である。

これに付して瑞香による七言絶句も記されている。内容は、一架の薔薇の香りが、池の面をわたって、この床机にまでただよってくる。ときどき吹く水風が蓮の葉をゆらし、池

「新撰東京名所図会・隅田川（下）」より

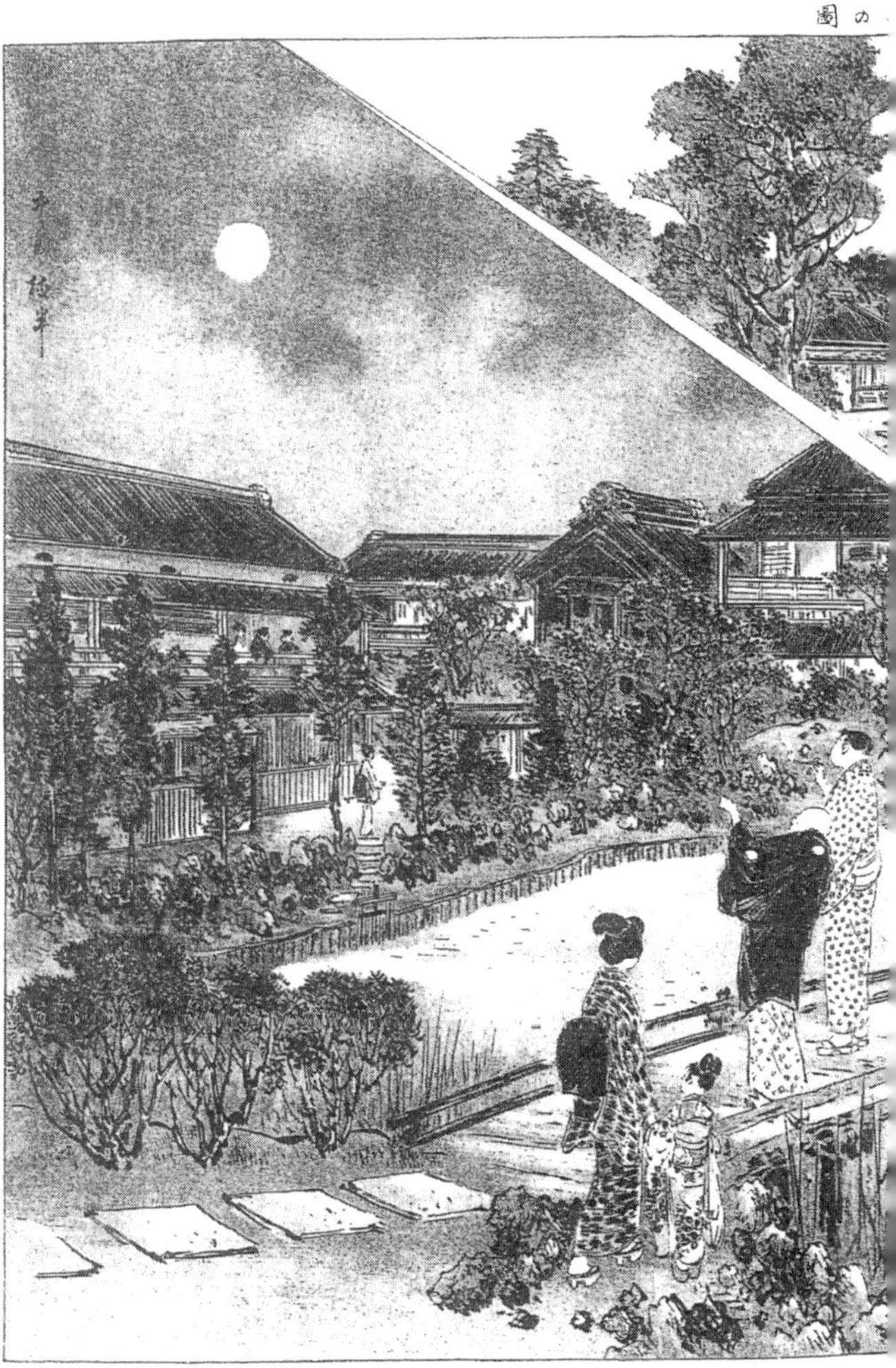
圖の

に小波を立て、群を作って魚の影も涼しい、というもの。

瑞香さんも、即興で漢詩を作る素養があったのか、あるいは彼女のその場の感想を学海先生が補作したのか。もっとも、瑞香が、漢詩をいとも簡単に作るほど漢文に通じているとなると、彼女に「読まれても困らないために」漢文で日記を書いたとされる学海先生の努力は無意味となる。ことによると学海が妾宅日記を漢文で書いたのは、人に読まれることを嫌ったためもあるかもしれないが、また、向島での別宅の日々を、より文人的な雰囲気で満喫するための方法だったのかもしれない。

それにしても学海先生、人も羨む日々ではないか。自分よりも三十以上も歳若い彼女と別宅で時を過ごし、あるいは共に散歩に出かけ料亭で食事をとる。あるときは三味線を伴奏に歌を歌い、また詩を作ったりして。

ところが、そうそう良いことばかりではない。木母寺に遊んだ翌々日の八月二十三日の記述——


婢病乍発狂甚、嚙衣裂号泣。初余戯目婢妹曰、爾鼻端正、反勝於汝姉遠矣、汝姉鼻不高也。言未畢、婢憤然発怒、執坐側所置茶碗及急須瓶、投之庭中、戛然有声、或砕或飛。余走止之、狂益甚。乃齧己衣裂、并齧衣架所懸衣寸裂。嗚呼彼狂亦甚矣。因想、夏日少婦与人争投水而死者甚多、皆此類。婢若不有余抑止之、其死也久矣。乃縛其手、灑冷水其頭稍愈。夜微雨。

漢文の字ヅラを見るだけでも、なにやら剣呑な雰囲気は伝わってくる。「婢」つまり、瑞香がヒステリーの発作を起こしたようである。じつは、この前日の二十二日の夜、瑞香の妹の阿福（おフク）が、義母との関係に耐えられなくなって、この向島の家に逃げてきている。そして、翌日、二十三日の瑞香のヒステリーの発作ということになるのだが、その発端というのが、第三者からすれば、なんともおかしいというかお気の毒というか――。

訳文を見てみよう。

初め余戯れに婢の妹を目して曰はく、爾《なんじ》の鼻端正にして、反って汝の姉に勝ること遠し、汝の姉の鼻高からざる也と。

つまり学海先生、昨夜やってきた妹の顔を見て、冗談で「あなたの鼻は端正で姉さんよりきれいだねえ。姉さんの鼻は高くないからなあ」と言わなくてもいいこと、いや女性に対して絶対に言ってはいけないことを、それもヒステリー持ちの若きお妾さんに言ってしまった。先生、かなりウカツである。すると——

言未だ畢らざるに、婢憤然として怒を発し、坐側に置く所の茶碗及び急須の瓶を執りて、之を庭中に投じ、戛然として声有り、或は砕け或は飛ぶ。

つまり、学海先生の二姉妹の鼻批評が終らないうちに、瑞香さんが怒り狂い、かたわらの茶碗や急須のびんを手に取っては庭に投げ捨て、ガチャンガチャンと砕け、飛んで行った、という始末。なんのことはない、学海先生が余計なことを言ったために愛妾をキレさせてしまったわけだ。それにしても瑞香さんのヒステリーの発作はすざまじい。

余走りて之を止む、狂益甚し。乃ち己の衣を噛みて裂き、拌せて衣架に懸くる所の衣を噛みて寸裂す。嗚呼彼の狂も亦甚し。因《ちなみ》に想ふ。夏日少婦人と争ひて水に投じて死する者甚だ多きは、皆此の類なり。婢若し余の之を抑止する有らざれば、其の死せるや久し。乃ち其の手を縛し、冷水を其の頭に灑ぎて稍愈ゆ。夜微雨あり。

というてんまつとなる。最後の「夜微雨あり」が、なにか、瑞香の狂がやっと治ってホッとした学海先生の感じが伝わってくる。読んでいるこちらもホッとする。

瑞香のヒステリーの発作はこのときばかりではなくたびたび起こり「瑞婢狂病大発、抑止すべからず。嗚呼人間多事、閨閤を甚しと為す。安《いず》んぞ此の大魔障を打破し、以て彼岸に達するを得んや」と学海を深く悩ませる。

しかし学海先生の瑞香に対する情愛は濃く、「瑞香を拉して白鬚祠に遊び、残花を観る」「午後、瑞香とともに梅を百花園に観る」「瑞香を拉して劇を市村座に観る」「瑞香を拉して劇を寿座に観る」と、愛妾を物見遊山や観劇にたびたび連れ出している。

さらに学海先生、瑞香の行く末を案じ、あるいは、瑞香のヒステリーの発作の一因が若き彼女の要求に満足にこたえられないためと自ら悟ったのか、嫁ぎ先を考えたりもする。

明治二十七年七月二十八日に、こんな記述がある。

瑞香亦将に狂発せんとして、已にして止む。香精神病有り、屢ば狂発して制すべからざる也。余之を遣嫁せしめんと欲すれども、香泣いて聴かず。余之を何如ともする能はず。

学海先生、瑞香を嫁に出そうとするも、彼女は泣いて聞かない。先生、どうすることもできない。このくだり、学海先生の立場をわらいつつもひそかに同情を抱く諸兄もすくなくないのでは。

このあと、このことを本宅日記の『日録』で見てみると、

廿九日、かへる。

廿九日。晴。炎熱甚し。

次の日は、朝鮮の事変に関する国民新聞の記事などを記し、

三十日。晴。炎気ます〳〵盛なり。記すべき事なし。

と、本宅日記はじつに、そっけないくらい淡々としている。

ところで、学海先生の悩みは瑞香さんのヒステリー発作だけではない。「鼻の美醜事件」でも登場した瑞香の妹・福をはじめ、瑞香の母や祖父や祖母、あるいは叔父や養父、加えて精神に異常をきたした弟までが、この向島の屋敷につぎつぎところがり込んでくる。

まさに筒井康隆的ドタバタ、ナンセンスの世界のようだが、先生、これになんとか耐えつつ、彼等に対しても精一杯の対応をしている。

これも歳の差の大きく離れた愛妾への情愛、あるいはひけ目があったための寛容なのだろうか。いずれにせよ、その内情は、そうそう艶隠者を気取ってばかりではいられなかったのが、墨水での日々だったようである。

ところで、学海の日記を見ると、その交遊の多彩さは驚くほどであり、『雑録』には、登場人物の索引と、多出する人名の表が掲載されていて、とてもありがたい。

ところで、学海先生と明治の人物の交流の興味ぶかい一シーンを紹介したい。ここに学海先生の姿の一端がうかがえる。

これは内田魯庵による「露伴の出世咄」という一話。つまり、幸田露伴のデビューのエピソード。

## 学海の向島別宅『柳蔭精廬』に訪れた当時の著名人一覧

| | |
|---|---|
| 饗場篁村 | 16 |
| 伊井蓉峰 | 8 |
| 伊藤博文 | 10 |
| 岩谷小波 | 4 |
| 大隈重信 | 3 |
| 大槻文彦 | 6 |
| 尾崎紅葉 | 4 |
| 川上音次郎 | 10 |
| 岸田吟香 | 3 |
| ⑧後藤賤屋 | 22 |
| 佐和正 | 17 |
| 末松謙澄 | 3 |
| 谷干城 | 4 |
| 中根香亭 | 3 |
| 野口小蘋 | 3 |
| 藤森天山 | 3 |
| 三島中州 | 3 |
| ⑤村上浪六 | 25 |
| 青柳捨三郎 | 3 |
| 市川久米八 | 4 |
| 稲津南洋 | 5 |
| 薄井小蓮 | 5 |
| 尾上菊五郎 | 7 |
| 大沼枕山 | 5 |
| 落合東郭 | 4 |
| 川尻宝岑 | 14 |
| 曲亭馬琴 | 6 |
| 小永井小舟 | 7 |
| 重野成斎 | 4 |
| ①杉浦梅潭 | 62 |
| 徳富蘇峰 | 4 |
| 成島柳北 | 16 |
| 浜村大海(薇山) | 16 |
| 星亭 | 3 |
| ⑦宮崎三昧 | 23 |
| 森田思軒 | 4 |
| 秋月韋軒 | 3 |
| 市川団十郎 | 13 |
| 井上春泉 | 4 |
| 瓜生梅村 | 8 |
| 三遊亭円朝 | 3 |
| 岡本黄右 | 3 |
| 小野湖山 | 3 |
| ③川田甕江 | 37 |
| 黒田清隆 | 4 |
| ②小林椿岳 | 51 |
| ⑨信夫恕軒 | 21 |
| ⑨杉山三郊 | 21 |
| 豊田翠筠 | 4 |
| 西村茂樹 | 10 |
| 福助 | 6 |
| 本阿弥光賀 | 4 |
| 宮本鴨北 | 4 |
| 山田美妙 | 3 |
| ⑤淡島寒月 | 25 |
| 伊藤聴秋 | 3 |
| 岩谷一六 | 3 |
| 榎本武揚 | 8 |
| 大槻修二 | 12 |
| 奥蘭田 | 4 |
| 勝部五松 | 7 |
| 木沢世粛 | 4 |
| 幸田露伴 | 9 |
| 左団次 | 3 |
| 晋永機 | 10 |
| ④関根痴堂 | 34 |
| 鳥井華村 | 4 |
| 根来耐軒 | 11 |
| 福地源一郎 | 8 |
| 本田種竹 | 9 |
| 向山黄村 | 6 |

3回以上の人のみ、○印はベスト10（『墨水別墅雑録』より）

ある時、その頃金港堂の『都の花』の主筆をしていた山田美妙に会うと、開口一番「エライ人が出ましたよ！」と破顔した。

ドウいう人かと訊《き》くと、それより数日前、突然依田《よだ》学海《がっかい》翁を尋ねて来た書生があって、小説を作ったから序文を書いてくれといった。学海翁は硬軟兼備のその頃での大宗師であったから、門に伺候して著書の序文を請《こ》うものが引きも切らず、一々応接する遑《いとま》あらざる面倒臭さに、ワシが序文を書いたかららッて君の作は光りゃアしない、君の作が傑作ならワシの序文なぞはなくとも光ると、味も素気《そっけ》もなく突跳《つっぱ》ねた。

すると件《くだん》の書生は、先生の序文で光彩を添えようというのじゃない、我輩《わがはい》の作は面白いから先生も小説が好きなら読んで見て、面白いと思ったら序文をお書きなさい、ツマラナイと思ったら竈《かまど》の下へ燻《く》べて下さいと、言終ると共に原稿一綴を投出してサッサと帰ってしまった。

ところが学海先生、その書生の「風采態度が一と癖あり気な上に、キビキビした歯切れのイイ江戸弁で率直に言放すのがタダ者ならず見えたので」「ドウセ物にはなるまいと内

心馬鹿にしながらも二、三枚めくると」、

ノッケから読者を旋風に巻込むような奇想天来に有繋《さすが》の翁も磁石に吸寄せられる鉄のように喰入って巻を釈《お》く事が出来ず、とうとう徹宵して竟《つい》に読終ってしまった。

そして、「作者を見縊《みくび》って冷遇した前非を悔い」、

朝飯もソコソコに俥《くるま》を飛ばして紹介者の淡嶋寒月を訪い、近来破天荒《はてんこう》の大傑作であると口を極めて激賞して、この恐ろしい作者は如何《いか》なる人物かと訊いて、初めて幸田露伴というマダ青年の秀才の初めての試みであると解った。

翁は漢学者に似気《にげ》ない開けた人で、才能を認めると年齢を忘れて少しも先輩ぶらずに対等に遇したから、さらぬだに初対面の無礼を悔いていたから早速寒月と同道して露伴を訪問した。老人、君の如き異才を見るの明がなくして意外の失礼をしたと心から深く詫びつつ、さてこの傑作をお世話したいが出版先に御希望があるかと懇切に談合して、直《す》ぐその足で金港堂へ原稿を持って来た。

前述のように、このとき金港堂で、『都の花』の主筆をしていたのが当時売れっ子の作家・山田美妙で、

「イヤ、実に面白い作で、真に奇想天来です。」と美妙も心から喜ぶように満面笑い頽《くず》れて、「近来の大収穫です。学海翁も褒《ほ》めちぎって褒め切れないのです。天才てものは何時《いつ》ドコから現われて来るか解らんもんで、まるで彗星のようなもんですナ……」

と、「御来迎でも拝んだように話した」とある。（内田魯庵著・紅野敏郎編『新編・思い出す人々』岩波文庫）

まるで講談のような調子で「露伴の出世咄」、デビューの瞬間が生き生きと語られている。この時の登場人物がいい。まず学海先生。そして青年・露伴。露伴を紹介した淡島寒月。そして山田美妙。

寒月と父の小林椿岳は子父して学海との交わりが濃い。とくに同じ向島で学海の近くに

住む椿岳は『雑録』では登場回数において第二位、寒月は第五位で親子合わせればダントツの一位で、学海と、椿岳、寒月親子二代にわたる交流は濃密である。

西鶴本収集で知られる寒月は父・椿岳の跡、『梵雲庵』と名づけて、童心に満ちた文人生活を、この墨堤で送る。

また、この露伴のデビュー話における山田美妙は、珍しく（？）嫌味のない人物に描かれている。ところで、この美妙、女性関係のスキャンダルで文壇から失脚するのだが、彼にも留女という妾との交渉を記した日記があり、その中に「宝一但不《ただし》」「宝一大美」「宝一」といった記述が見られる。これは、美妙の、留女との性交渉の記録なのだ。学海先生の『雑録』には、このような赤裸々さはない。瑞香のヒステリーの発作等の困惑ぶりもふくめて、オトナの文人の風姿がうかがえる。

私は運よく入手できたからいいようなものだが、学海の日録、いや『墨水別墅雑録』だけでもいい、さらにカジュアルな造本で再版できないだろうか。版元にもすでに在庫がなく、ごくごく一部の図書館しか収蔵していないというのは、あまりにさびしいことではないか。これほどの珍本にして、明治文化の貴重な資料なのに。

PART 7

# 「ふさ子さん！ふさ子さんはなぜこんなにいい女体なのですか」

『墨水別墅雑録』の依田学海翁が三十一歳年下の愛妾・瑞香とたびたび訪れた向島の百花園、この、下町の小さな庭園で出会い、恋におちた、初老の歌人と若き美貌の愛弟子がいる。

その歌人とは、日本を代表する精神病院の院長であり、短歌誌「アララギ」を主宰する、そう斎藤茂吉。そして、若き愛人とは「アララギ」で茂吉に歌の指導を受けていた永井ふさ子（本名フサ）。師・茂吉と愛弟子・ふさ子には二十七歳の年の開きがある。

私は、手元の雑誌や茂吉研究の書籍に載っている永井ふさ子のポートレイトを、『暗室』のなかで』の大塚英子同様じっと見入ってしまう。

そのうちの一枚は、写真館で撮ったと思われるもので、右斜めから、やわらかなライトが当てられた彼女の顔は、なんともみずみずしく、におい立つような美しさ。（左頁の右）形のよい眉と夢見がちの黒く濡れた瞳、ほどよく肉づきのある鼻と、それを受ける端正ながら肉感的な唇。

もう一枚は、秩父の吟行会で撮ったといわれる、林の前に立つ茂吉とのツーショット。

写真の位置どりのバランスが少々おかしいので、私は、ふさ子の隣り近くに誰かがいたのではないかと推測したくなる。それを、ふさ子かあるいは茂吉がトリミングしてしまったのではないか……などと。（上段の左）

それはともかく、この写真は茂吉の関連図書ではよく見かける一点で、季節は冬なのか茂吉はオーバーコート、ふさ子は肩に白いショールを掛けている。ここでのふさ子は、写真館で撮ったと思われる写真より、より解放的で官能的な表情をしている。見かたによっては、魔性の女性めいた笑みを浮かべているようにも、あるいは、母性をただよわせた女性のようにも見える。

一方、一緒に写っている茂吉の方は、コートをダランと着た、眼鏡をかけた、不器用で朴訥な初老の田舎紳士そのものである。

この一枚の、二人のツーショットの写真は、見る者にさまざまなことを投げかけてくる。少なくとも、サラリと見過すようなことは許さない写真ではなかろうか。
この写真から受ける私の印象をのべる前に、茂吉がふさ子に出した書簡の文を見てみよう。そこには生ま生ましくもふさ子の肉体と美貌に惑溺し、執着する男の姿がつづられている。藤岡武雄著『新訂版・年譜　斎藤茂吉伝』（昭和五十七年・沖積舎）より引用する。

昭和十一年十一月二十四日・二十五・二十六日
ふさ子さん！ふさ子さんはなぜこんなにいい女体なのですか。何ともいへない、いい女体なのですか。どうか、大切にして、無理してはいけないとおもひます。玉を大切にするやうにしたいのです。ふさ子さん。なぜそんなにいいのですか。〇写真も昨夕とつて来ました。とりどりに美しくてただうれしくてそはそはしてゐます。（後略）

この後に、写真を撮られるときのふさ子への表情の注文、というか懇願があり、「今度の写真見て、光がさすやうで、勿体ないやうにもおもひます。近よりがたいやうな美しさです」と、まさに称賛の嵐、といったところ。

たしかに、茂吉の言ならずとも、ふさ子の美しさはきわ立っている。私も、冒頭に書いたように、本に掲載されていたふさ子のポートレイトを見ただけで、その美しさに魅せられてしまった一人のようである。この美貌で、しかもエスプリに富んでいたという女性に慕い寄られたとしたら、とくにあまり女性に免疫性のない男性であったとしたら、その結果は目に見えているようなものではないか。

茂吉は先の手紙のすぐ後、追っかけるようにふさ子に手紙を送っている。

昭和十一年十一月二十九日

○ふさ子さん、何といふなつかしい御手紙でせう。実際たましひはぬけてしまひます。ああ恋しくてもう駄目です。しかし老境は静寂を要求します。忍辱は多力也です。忍辱と恋とめちやくちやです。○ふさ子さんの小さい写真を出してはしまひ、又出しては見て、為事してゐます。今ごろはふさ子さんは寝ていらつしやるか。あのかほを布団の中に半分かくして、目をつぶつて、かすかな息をたててなどとおもふと、恋しくて恋しくて、飛んででも行きたいやうです。ああ恋しいひと、にくらしい人。（後略）

この後、手紙は蜿々と続く。この手紙の中には、すでに青山脳病院の院長である斎藤茂吉もいなければ、「アララギ」を主宰する歌壇の長たる茂吉もいない。そこにいるのは、若い女性の魅力に溺れ熱い吐息を吐く、五十歳をとうに過ぎた、恋情に身をよじる一人の男である。

茂吉とふさ子の相聞も見てみよう。茂吉・ふさ子の合作として、

光放つ神に守られもろともにあはれひとつの息を息づく

また、

まをとめと寝覚めしとこに老の身はとどまる術のつひに無かりし（茂吉）
冷やびやと暁に水を吞みにしが心徹りて君に寄りなむ（ふさ子）

「もろともにあはれひとつの息を息づく」が茂吉とふさ子の合作の歌というのも、愛の交歓を連想させるなんともストレートな表現だが、茂吉の「まをとめと」の歌も、分別ざか

りの分別の一線を越えてしまった老境の男の切迫した感情が伝ってくる。これらに比べれば、ふさ子の歌は、恋心を歌いつつもむしろ女性らしい節度すら感じられる。この歌で見るかぎりでは、ふさ子の感情のほうが余裕があると見ていいだろう。

ところで、茂吉のふさ子への秘めたる手紙は、茂吉の死後、十年たってから他ならぬ永井ふさ子の側から公にされる。(『小説中央公論』昭和三十八年七月〜十一月)

ところが、これほどまでにふさ子に執着したはずの茂吉の日記には、ふさ子に宛てた手紙のような、愛の告白や、その喜びや苦悩なども、記されていない。茂吉は、若きふさ子との、この交情が世間に知れるのを極度に恐れていたふしがある。茂吉にとってこの恋はなんとしてでも「秘めごと」でなければならなかったのだろう。

その気持ちの反映からだろうか、茂吉は自分の日記においてすらふさ子とのことを「秘めごと」として完封しようとしたようである。

ここでは、ふさ子への書簡とは別人のような、茂吉の分別が、自分の感情をコントロールしている。このときの茂吉は、二人の人間を生きているようなものである。恋に狂い恥かしいほどの恋文を送りつける老境の男と、世間から尊敬や信頼を受けるにふさわしい人格者の男と。

つまり、茂吉の死後、ふさ子から茂吉の書簡が公開されなかったら、茂吉の顔は、仮に茂吉自身の日記が公開されたとしても、病院長と歌壇の長の顔、さらには文化勲章受章者の顔といった、功なり名をとげた〝立派な人〟の面だけが人々に記憶されたにちがいない。

ところで茂吉は、ふさ子との、このスキャンダラスな関係に陥る直前に、もう一つの大きな醜聞に巻き込まれている。

それは青山脳病院の創立者・斎藤紀一の次女であり、茂吉の妻である、てる子に関わることであった。

昭和八年十一月八日の「東京朝日新聞」の報道に始まる、いわゆる「ダンス教師と有閑婦人たちの恋のステップ事件」がそれである。

茂吉とてる子の結婚は、茂吉、二十四歳のとき斎藤紀一の次女・てる子の婿養子として入籍している。そして正式にてる子と結婚するのが大正三年、茂吉、三十三歳のとき。このときてる子は二十歳。

この結婚は茂吉にとって心楽しいこととはほど遠いものであったようである。その原因は、てる子の他の男性との恋愛問題にあった。大きな病院の娘として自由奔放に育ったてる子は、昭和初年の、いわゆる〝発展的〟なモダンガールであったようである。

そんなてる子が「不眠症の治療」ということで、銀座のダンスホールに入りびたる。もともと、てる子の妹・清子がダンスの教師をしていて、てる子も大正十四年ごろからダンスを習い始めていたようだ。

そこに登場するのが、歌人・吉井勇夫人の徳子。昭和三年の夏ごろから、てる子は徳子と連れ立って外出することが多くなり、銀座のダンスホールにもたびたび出入りするようになる。このダンスホールは彼女たちの他に、一流会社の専務夫人や資産家の令嬢も常連の客だったという。

そして、彼女たちのお相手をつとめたのがダンスの教師で、女性にかけては凄腕の〝ジゴロ〟といわれた男。

なにか、舞台設定がいかにも昭和初期のモガ、モボ、あるいはエロ・グロ・ナンセンスの時代風潮を受けたような雰囲気なのだが、しかも彼女たちが若いプレイガール、いわゆる〝フラッパー〟などではなく、名家の有夫の婦人であるということがかえって当時のゴシップジャーナリズムの好餌となった。

てる子や徳子たちは、その〝ジゴロ〟に金品を貢ぎ、またダンスホールだけではなく、あちこちを泊まり歩き遊びまわっていた、というのである。都合の悪いことに、警察がこれを風俗を乱す不行跡として、そのダンス教師を検挙、その関連で、てる子も徳子も取り調べを受けることになってしまう。

新聞には、

「医博、課長夫人等々　不倫・恋のステップ　銀座ホールの不良教師検挙で　有閑女群の醜行暴露」

「ダンスの先生に　血道の博士夫人　恋愛不定期急行を演じた—銀座舞踏場の教師」

「愛慾多彩の代表　伯爵夫人を召喚」

という見出しが躍り、世の好奇心を大いに煽った。

この事件は、茂吉に大きなダメージを与えることになる。妻の不行跡は、その夫、とくに社会的に地位のある茂吉のような立場の人間にとって、世間に顔向けできないようなことだったのだろう。当然、てる子に対しても絶望的な不信感を抱くこととなる。

茂吉は病院の院長を辞め、斎藤家から出てゆくと表明するが、周囲に押しとどめられ、形だけは院長を務めるものの、実質的には、診察等の病院の仕事をほとんど退いてしまう。また、てる子との関係も、この事件後は、実質的な夫婦関係ではなくなってしまう。

てる子と連れ立って遊んでいた吉井勇夫人の徳子は、この事件の直後に吉井勇から離婚を言い渡されている。

この時期の茂吉の歌、

たらちねの母のゆくへを言問ふはをさなき児等の常と誰かいふ
わが帰りをかくも喜ぶわが子等にいのちかたぶけこよひ寝むとす

これは、事件後、茂吉と別居せざるをえなくなった、てる子のいない家での子らの様子を嘆いて歌ったものだろう。

また、

二十年つれそひたりしわが妻を忘れむとして衢《ちまた》を行くも

これは、妻・てる子への決別の歌でもあるが、心の傷を癒すために、妻のことは忘れて街に出て新しい世界との出会いを求めようとする歌のようでもある。

このころの茂吉周辺の時間的関連を整理してみたい。

〇「ダンスホール事件」が「東京朝日新聞」に報道されるのが、昭和八年十一月八日。

〇後の茂吉の愛人となる永井ふさ子がアララギに入会し、茂吉らの添削指導を受けるようになるのが、その少し前の昭和八年の春。

〇茂吉とふさ子が向島・百花園で出会うのが昭和九年九月十六日。

つまり、これはまったくの偶然でしかないのだが、「ダンスホール事件」で大きなダメージを受けた茂吉にとって、この忌わしい出来事を忘れさせてくれる存在として、ふさ子という女性が登場してくるのである。

傷つき凍てついた心に、ふさ子という若く美しい愛弟子が現われたのである。茂吉の心が彼女に傾斜していったとして茂吉を責めることができようか。ふさ子の美貌と若い女体に茂吉が溺れたとして彼を笑うことができるだろうか。

このとき、茂吉にとってふさ子との交情は、生きるため、自分の生命を維持する意志を持つための、ギリギリの選択であったのかもしれない。

精神的に死に近いところまで追いつめられていたからこそ一層、茂吉はふさ子を求め、彼女の若い肉体に耽溺し、執着したのではないだろうか。

先に茂吉の手紙から引用した「ふさ子さん！ふさ子さんはなぜこんなにいい女体なので

すか。何ともいへない、いい女体なのですか」ということばは、茂吉の絶唱とも思えてくる。

しかし、茂吉はふさ子とのことをなんとか「秘めごと」のままで押し通そうとした。てる子とのことで、もうスキャンダルは沢山だ、という思いがあったかもしれないし、また、二人の関係が発覚して、それが理由で大切なふさ子を失うことを恐れたのかもしれない。あるいは、単に茂吉の社会的地位を守ろうとするエゴイズムゆえのことかもしれない。とにかく、本来なら自己の告白があってもいい、もっともプライベートな日記という場でも、茂吉は、ふさ子へ宛てた手紙のような事柄はまったくといっていいくらい書き残さなかったようである。

改めて私は、茂吉とふさ子の二人が写っている写真に見入る。この秩父吟行会でのスナップといわれる写真からは、いろいろな情報が発信されているように思えてならない。とくに、少し歯を見せて笑っているような表情のふさ子の隣りで、呆然と立ちつくしているように見える茂吉――。

私には、この茂吉の心境を察することができるような気がする。精神的危機から立ち直り、生きるための、ふさ子という女人、あるいは女体への耽溺と、その行為自体がまた自分の社会的基盤を崩壊させるかもしれないという危険。そのジレンマの中で、茂吉は一人、立ちつくすしかないのだ。

男女の性愛は、それが「秘めごと」であればなおさらのこと、社会との攻防に対しては周到でかつタフでなければならない。甘い快楽に身をとろかしても、その同じ身で世間という相手とわたり合わなければならない。

ふさ子の隣りに立つ茂吉の姿をじっと見ていると、――一人の悲しい老いた戦士がこちらに向かって何か言いたげのように見えてくる。

いや、このようにも見える。母に裏切られた子が、それでも自分で生きていこうとしているような、そんな健気な子の表情に見えてくる、といったほうがよいかもしれない。

〝母恋いの子〟の顔に見えてくるのだ。

茂吉とふさ子の秘めた恋は、ふさ子の婚約やその破綻など曲折があるが、昭和二十年、戦状悪化して茂吉が山形・上山に疎開することで終焉を迎える。ふさ子はその後、嫁ぐことなく独身のまま伊東市で姉と暮らす。

そして、すでに記したように、茂吉の死から十年後、また、二人の愛の書簡がもっとも激しくやりとりされた二十七年後、茂吉の手紙はふさ子の手によって公にされることになる。

昭和三十八年、このときふさ子、五十五歳。思えば、この五十五歳という年齢、茂吉がふさ子との愛に身を焦がした年でもあった。

いずれにせよ、茂吉の書簡の公開ということによって、茂吉の「秘めごと」は白日の下にさらされたことになる。ふさ子への手紙における茂吉の熱い肉声は、〝人格者〟茂吉の印象を裏切るものかもしれないが、少なくとも私には、この茂吉の手紙があったことにより、茂吉という人間がいっそう身近な存在として感じられるのである。

そして、晩年であったにせよ茂吉が、永井ふさ子という美しい女性と出会え、限られた期間であったにせよ、その吐息にふれ、その甘い肉体を享受できたことを、他人ごとながら、寿《ことほ》ぎたい気持ちになるのである。

ところで、ふさ子さんは茂吉との出会いと別れを、どのように感じていたのだろうか。

ふさ子さん自身は幸せだったのだろうか、などと考えても仕方のないことを考えてしまう。

PART 8

# 「墓場に近き老いらくの恋は、怖るる何ものもなし」

毎年、新春、宮中では「歌会始」の行事が開かれる。その「歌会始」の選者であり、東宮御作歌指導役、つまり皇太子の作歌の先生でもある歌人が、「歌会始」の選者として任命を受けた、その年の暮に、あるスキャンダルで新聞の紙面をにぎわすことになる。川田順は、新聞の短歌欄の選者として、また和歌の歴史に関する研究者として一般にも著名の人であった。

昭和二十三年十二月四日の朝日新聞に、

「老らくの恋は怖れず」
相手は元教授夫人・歌にも悩み
川田順氏　一度は死の家出

という見出しの記事がでる。今日でも、ある程度、年輩の人には、この「老いらくの恋」という言葉とともに、川田順という歌人の名には記憶があるのではないか。私も、多分、中、高生のころから「老いらくの恋の川田順」というフレーズは頭の中にインプットされていたような気がする。

しかし、私が川田順のくわしい経歴や、その作品そのものにふれるようになったのは、ずっとのちのこと。家の近所の古本屋さんばかりではなく、神保町の古書店や古書展めぐりをしはじめて、改造社版の美しい木版画装の川田順の歌集『立秋』（昭和八年刊）、『旅鴈』（昭和十年刊）、青山二郎の装丁になる『偶然録』（昭和十七年刊）や自叙伝『葵の女』（昭和三十四年・講談社刊）を入手してからのことである。

また、川田順の「老いらくの恋」を知る本として忘れてはならない作品がある。それは、堤清二として、もとセゾングループの総帥でありながら、詩集や多くの文学著作をもつ辻井喬名による、川田順の老境の恋をテーマとした『虹の岬』（一九九四年・中央公論社刊）である。

辻井の『虹の岬』には、その内容以前に、著者の辻井の立場と川田順の経歴とがダブる部分がある。旅や恋を歌う歌人・川田順のもう一つの顔は、元住友本社の常務理事という財界人でもあったのだ。

これは一方では、堤清二としてセゾングループを率いつつも、もう一方では鋭敏な感受性を詩に託し、また知識人の苦悩を小説に表現してきた辻井喬の生き方と共通項がある。
川田順も辻井喬も、財界人、実業人の顔と、芸術家、創作者の顔という二面性をもつ。ただ、作家・辻井喬、つまり堤清二がつい最近まで実業界の一線で活躍していたのに対し、住友本社常務理事だった川田順は、昭和十一年五月、川田、五十四歳のときに総理事の座を目前にして退職、実業界から身を退き、歌づくりと著作の世界、いわば文人としての生き方を選びとっている。

昭和十一年といえば、二月二十六日、例の「二・二六」事件のあった年である。川田が住友を辞めるのが、その三ヵ月後の五月。事件と川田の財界引退となにらかの関係があったか否かは明らかにされていない。

『虹の岬』巻末の宮田毬栄による解説には、いわゆる「老いらくの恋」のアウトラインが紹介されている。先の昭和二十三年十二月四日付の朝日新聞の記事とともに、まずはこの事件のあらましを見てみよう。

川田順と短歌の指導を受けていた中川俊子（小説中では森祥子）が、おたがいの恋心を自覚するようになったのは昭和二十一年、川田六十四歳、森祥子三十七歳のときという。川田と祥子の年齢差は二十七歳となっている。

当時の朝日の新聞記事によると、

死を決して家出した原因については、家人の話と歌稿から判断して、三年前から続いていた同氏の歌弟子前某大学教授某博士夫人俊子さん（四〇）との恋愛事件で突きつめた結果らしく、夫人に死別して十年、孤独のうえかつて憂国歌人とうたわれた老歌人が終戦後筆を投げうつて、苦しい生活を守りつゞけていたことなどの心境が重つたものと見られている

と川田の「死の家出」の理由を報じている。

また、俊子との関係においては、

俊子さんが川田氏のもとへ弟子入りしたのは戦争中だつたが、敗戦後川田氏が戦時中の作歌活動に悩みをもち、一方俊子さんの夫が大学を退いたころから二人の感情が芽生えたもので、このころから作歌を通じて関係が日と共に深まり、京都の文人や歌弟子仲間のうわさとなり、これが問題となつて俊子さんは今夏離婚、実家に帰り川田氏

との結婚を積極的に働きかけたが川田氏は消極的で、その後恋愛が進むにつれて、世間的配慮から消極的な川田氏が俊子さんの一筋の愛情に悩むとともに、一気に死による清算をはかろうとしたものと見られる。

とある。

京都大学元教授の俊子の夫のコメントが興味ぶかい。

## 〝妻は引ずられた〟夫の博士語る

俊子さんの夫の博士は語る

「川田氏が、何人も子供のある家族の母親であることを知りながら、昨夏ごろから歌作りにかこつけるなどいろいろな手段で彼女を誘惑したことを私は知っていた。その間何回も妻は〝すまなかった〟と前非を悔いたこともあったが、その度ごとに川田氏の誘い出しはひどくなり、気の弱い彼女の完全な敗北となった、二人の結婚は彼らの良心が許したらやったらよいだろう」

と、夫は、この恋は川田がしかけ、俊子は被害者であるとして彼女をかばっている。しかし、一方では、妻がもう自分のもとには戻らないだろうというあきらめからか、投げやりな気分のうかがえるコメントとも受けとれる。

宮田毬栄による『虹の岬』の解説も見てみよう。

> 昭和二十三年十一月に起こった川田順の自殺未遂は不可解なものと一般に受け取られた。家を出ていた祥子が夫森三之助とのたたかいの果てに離婚を獲得し、二人の未来にようやく希望が見えはじめたところでの事件だったからである。(中略)川田順の内部に、死こそ最高の恋の完成の姿という美学が生まれていたのではないかという考えである。

川田順自身のことばにもあたってみよう。たまたま古書店で目にとまった川田順自叙伝とサブタイトルのつけられた『葵の女』(以下、自叙伝と記す)の「後記」は、こういう一節から始まる。

男一匹が一生をかへりみて目に浮かぶもの女の顔ばかりとは、何とわびしいことだらう。けれども拙者としては他《ほか》に印象の残つてゐるものがない。(中略)
歌人としての自伝を書いたらばと勧められたこともあるが「結社」と云ふ一城のあるじになつたことはなく、野武士の一本槍で、一本槍の獲物は時々の歌集になつてゐる。歌集が即ち自伝だ。くだくだしく記録を書く必要はない。
サラリーマン時代に就いて書き残すことがあるだらうと訊かれるかも知れないが、それは既に中央公論社刊「住友回想記」正続二巻にしてある。(中略)
斯う考へて来ると、女以外に自伝の対象となるものは無いことになる。この小著に現はれた女性は五十余人にのぼるけれども、恋愛の名に値する関係の者は五本の指を屈するほどもない。もしも拙者が霊魂を悪魔に売ることの出来る人間であつたならば、自叙伝はもつと変化のあるものになつたであらう。

と、自分の一生の関心事が女性であったことを語っている(この文章は文末の記述によると「昭和三十四年八月、七十八叟川田順」、つまり川田順七十八歳のとき)。この自叙伝は「老いらくの恋」から十年以上もたち、自身も七十八歳という老齢を迎えていたためか、過去の恋の回想にも余裕のようなものが感じられる。

その自叙伝の「後記」の川田順のことばによれば、川田の一生は、女性との関係によって成り立つ生涯であったといえる。住友本社の重役、という世間一般から見たら超一級の役職や社会的立場も、川田にとっては単なる「サラリーマン」としての肩書であり、そこに真の「川田順個人」は不在であった。自叙伝の「後記」にはこの点についてもふれられている。

拙者は大なる機構の中の一員として働かせてもらつたのみで、謂ふ所の実業家でなく、自分の自由になつたことは殆んど一つもなかつた。言ひ換へれば、個人の拙者が表面に出た場合は全く無かつた。

こういう思いのあった川田だからこそ、五十四歳のとき、本社総理事のポストを目前にして退職をしてしまったのだろう。

『川田順全歌集』（昭和二十七年・中央公論社刊、以後、全歌集と記す）の中、昭和十一年から昭和十四年の作品をまとめた『鷲』（昭和十五年六月刊）の「巻末記抄」には、住友本社退社から四年間の川田の身辺の変化、それも激変の様子がつづられている。

これによると、住友を辞めると同時に「作歌欲は堤を破つた池水の如く」ほとばしりでてきたという。妻の和子とともに十数回の旅行もし、自由の身となった境遇を存分に楽しんだようである。

ところが昭和十四年十二月、妻・和子が突然の発病後、死亡してしまう。享年・五十三。このとき川田順、五十八歳。

次の歌集は昭和十五年、十六年の作品をまとめたもので、『妻』（昭和十七年二月刊）と題されている。もちろん前年の暮、急逝した妻・和子を悼んでのタイトルである。その「巻末記抄」には、川田順自らが「糟糠の妻和子《かづこ》に死別した深き悲しみと孤独感とが全巻を貫いてゐる」と語り、また「かやうな種類の歌は、もちろん、予の過去に見られなかつた。少し誇張して言ふことを許されるならば、妻に死なれて以来の予は人間が変つたやうに思ふ」と、その心情を吐露している。

この一文が書かれたのが昭和十七年一月十五日、「予は今月今日第六十回の誕生日を迎へた」という日である。老境を迎えた川田にとって、妻の突然の死は大きな打撃であったにちがいない。

この日のことを歌った「還暦」と題する六首のうちに、

兄も来て姉も来て祝《ほ》く吾が寿《とし》を妻の居らぬかも今日のこの日に
住友の勤めも終り年来《としごろ》の妻にも死なれて今日に到りぬ

の二首がある。昭和十九年十一月に刊行された歌集『史歌大東亜戦』に収録されている。ところで『史歌大東亜戦』という歌集タイトルからも明らかなように、川田が妻を失った以後の世の中は、昭和十六年十二月八日のハワイ真珠湾攻撃、明くる年の十七年一月二日のマニラ占領、二月十五日のシンガポールのイギリス軍の日本軍に降伏と、太平洋戦争の緒戦においての戦勝ムードにわく中で、戦時体制の強化が進む時局下でもあった。公私ともに平穏とはいいがたい状況である。

川田は、昭和十八年、十九年の作を『吉野之落葉』として二十年八月に刊行。昭和二十年、二十一年の作を『寒林集』として二十二年四月に刊行している。いわば戦時下での愛国歌、戦争賛歌の作品を多産した時でもある。全歌集の川田自身による「歌集解題」では、この『寒林集』に関して、「大戦中の三箇年半、愛国の歌に没入したる予は、終戦と共におちつきを取戻し、漸く本格的のものへと復帰しぬ。全巻を通じて、敗戦後の公私の寂寥感が貫く」と記している。

ところが、このころには川田順の「老いらくの恋」は、すでに静かに進行していたようである。

いつよりか君に心を寄せけむとさかのぼり思ふ三年《みとせ》四年《よとせ》を

と歌う川田順は、自叙伝で、この恋の来歴をふりかえっている。

そもそもボクの心はいつ頃から××《(ママ)》さんと交渉を持ち始めたのであらうか。彼女へ愛を告白したのは昭和二十二年初夏某日、近所の山中で草の上に坐りながらのことであつたが、愛そのものの芽生えは、自意識したと否とにかかはらず、もつと久しい以前のことに相違ない。

と語り、その思いは「昭和十九年五月某日初めて彼女と同席した時に、互ひの心には何ら意識しなかつたけれども『宿命』が仲介の役をつとめて傍に坐つてゐたのだ」と、つまりは、無意識（?）であったにせよ川田順の一目惚れであったことを告白している。

その女性というのが、冒頭の新聞記事でも公にされたように、有夫であり三人の子をもつ女性で、川田順の和歌の弟子でもあった。彼女の夫の元大学教授（戦後の公職追放によって教授の職を失う）もまた短歌をたしなみ、川田順とは知り合いであった。このことを川田は相手の名を匿名にしながらも自叙伝に書き残している。

××博士を裏切つたといふことが、どうしても苦しくて堪へられない。博士はボクにとつて普通の友人でなく、ボクを尊敬し大切にしてくれた高潔の学者である。その妻を歌弟子としてボクに托したのだ。それを裏切つたのだ。しかもかやうに苦しみながらも××さんへの愛を清算することは出来ない。

昭和二十二年から二十六年、川田順、六十五歳から六十九歳に至る作が『東帰』としてまとめられるが、この中に「裸心」と題する連作が二回編まれている。「老いらくの恋」を歌った作品である。

樫の実のひとり者にて終らむと思へるときに君現はれぬ
板橋をあまた架けたる小川にて君が家へは五つ目の橋
吾が髪の白きに恥づるいとまなし溺るるばかり愛《かな》しきものを
橋の上に夜深き月に照らされて二人居りしかば事あらはれき
わが娘《こ》には隠さず告げて出で来しと言ひつつ君の日傘をすぼむ
むらさきの日傘すぼめてあがり来し君をし見れば襟あしの汗

以上は「裸心」の一からの作品。道ならぬ恋ながら、成就したばかりの、川田順の高揚した気持ちが伝わってくるが、以下は「裸心」の二から、

押し黙りわれは坐りぬこの恋を遂ぐるつもりかと友のおどろく
うしろより罵る声の多けれどあなかたじけな泣く声もきこゆ
君が来て今の今まで坐りゐしたたみの上に吾が臥《ね》まろびつ
相触れて帰りきたりし日のまひる天の怒りの春雷ふるふ

死なむと念ひ生きむと願ふ苦しびの百日《ももか》続きて夏さりにけり

「裸心」の二になると、人の妻を奪った恋の苦悩の色調がぐんと濃くなる。川田に死を選ばせようとしたのは、恋の頂点での死こそ至上の恋とする川田のロマンチシズムか、あるいは彼女の夫であり、川田の知人であった人への裏切りの清算や周囲の批難からの逃避だったのか、あるいはまた、それらが混淆しての追いつめられた気持ちからだったのか。

しかし「裸心」の二の中に、こんな歌もある。

いや高くあがりゆく雲雀眼放さず君の見ればわれはその眼を見るも

五月野の青草のなかに相寄れば天道蟲が君の手を這ふ

この二つの作品の情景が、そのままそっくり自叙伝の中にも書かれている。苦しい恋の中での甘美な一シーンなので紹介しておきたい。

広大なりし城南離宮は礎石一つ残らないけれども、せめて全躰のたたずまひを偲びたく、安楽寿院から西北へ、麦畠の中を、ゲンゲが紅くタンポポの黄いろい畦みちをたどつた。雲雀がしきりに鳴く。賀茂川の右岸に出で草の中に坐つた。水まんまんとして、京都市中を流れるのとは別箇の川のやうに思はれる。対岸に数人の男女がゐて、こちらを見つめてゐるやうだが、川を渡つて襲来することはあるまいとボク達は平気で坐つてゐた。「ああくすぐつたい」と××さんがいつた。天道蟲が腕を這ひ上つたのだ。漆黒の背中に赤い斑点をちりばめた微小の昆蟲が、女人の白い腕にとりついてゐるのは美しい。

こんな状態では、この、道ならぬ恋は引き返せない。続けて「裸心」の二の歌を見てみよう。

血を分けしただ一人なるいもうとは鎌倉に居て吾が事を憂ふ
妹のふみ取り出でて今宵も見つ君に逢ふなと書きてあるはや
君が飼ひて去年の梅雨季《つゆどき》に死なせたる兎の如くわれも死にてむ
いづこにていかに死なむと日ねもすを考へ疲れ夜は眠りぬ

ひそやかに身のまはりをば片付くるさみだれの夜のふけにけらしな
✓死ぬることを決めし心の吾が顔に見えもやすると怖れつつ逢ふ
胆《きも》ふとき恋をしながら胆ちさきわれにもあるか世の中を怖る

川田順は、同じ歌人であり親しい交流もあった朴訥な斎藤茂吉とは違い、いわば若いころからの恋の達人でもある。遊廓には足を踏み入れたことがないというが、つまり道楽者ではないが、ロマンチックな恋愛は二度、三度ではない。

しかも、五十代半ばまで実業界で活躍していたのだから、その間の女性との交渉も少なからずあったにちがいない。そんな、十分に世間の分別をわきまえたはずの六十をとうに過ぎた男が、しかも、東宮御作歌指導役の任を受けるという歌人として最高の栄誉を得たばかりの人物が、恋の闇路に迷って死をも思うことになる。

一方、恋の相手の俊子は、夫も三人の子も捨てて川田順のもとに走るが、川田順のように苦悩し、死を思うような気配はない。もちろん、夫への罪意識や、とくに子供たちへの断ちがたい思いはあったにちがいないが、この恋を選びとった後は、むしろ泰然としているように見える。

川田順の歌に、こんな作がある。

むらぎものこころ烈しき東男《あづまを》に恋ひられながら君のしづかさ

私は、またしても、彼等二人の写っている写真をじっと見つめる。

自叙伝の扉には「妻と散歩する老後の著者」とネームがつけられた写真が添えられている。これは川田順と俊子を写した有名な写真で、ある雑誌では「神奈川県辻堂を散歩する川田順と俊子」と説明があった。

その写真は、砂地の海岸付近を羽織の着物姿で杖を手にした白頭の老人と、これもまた着物姿、やや派手めの帯をして、さっそうと老人の二、三歩前を歩く女性。もちろん、川田順と俊子の二人である。その俊子は、なにやら嬉しげに笑みを浮かべている。

自叙伝には、もう一枚俊子の写真がのっている。たくさん実をつけた柿の木の下で、籠を手にして、ここでも満面の笑顔の俊子。ここに見る俊子は、彼女自身が成熟した、ある種、野性味すら感じさせる雰囲気を伝えてくる。

斎藤茂吉の場合にせよ、この川田順と俊子にせよ、写真から受ける印象で、恋の真の勝者は圧倒的に女性なのである。

男の方は、相手の女性に心奪われつつも、逡巡し、悩み、後悔し、罪の意識にとらわれ、果ては死を想定するまで追いつめられたりするが、女性は、こうと決めたら堂々たるものである。

自叙伝の「老いらくの時代」の章の冒頭には「老いらくの恋」と題する川田の詩が掲げられている。川田の恋のキャッチコピーとなった「老いらくの恋」はここに由来するのだが、引用してみよう。

老いらくの恋

若き日の恋は、はにかみて
おもて赤らめ、壮子時《おさかり》の
四十歳《よそじ》の恋は、世の中に
かれこれ心配《くば》れども
墓場に近き老いらくの
恋は、怖るる何ものもなし。

と、死に近い年齢の老境の恋を〝威勢〟よくうたっている。しかし、川田の実際の恋はすでにこれまで紹介してきたように、この詩にあるような「怖るる何ものもなし」といった達観したものではない。十分に迷い、怖れ、苦しんでいる。

逆にいえば、そこがこの歌人のすごいところといえるのではないか。六十をとうに過ぎて、しかも歌人として、研究者として社会的に最高地位ともいえる名誉ある職を得ながら、それらをすべてフイにする恋に陥ちてゆく。この歯止めのきかない恋愛至上的ロマンチシズム、あるいはニヒリズム。

お茶の間のモラルや世間の良識からすれば、正気の沙汰とは思われない。いい年をして色情に狂った、ぶざまで、愚かな行為でしかないだろう。まして、その相手が有夫であり子もある女性となれば、世間のひんしゅくを買っても仕方がない。

危険だなぁ、とつくづく思う。人間とは七十歳近くになっても、そういう恋をしてしまう存在である、ということが。まさに「自爆テロ」に近いような、色情の発露ではないか。川田順と俊子のケースを見てくると、男、五十歳、いや六十歳前後の恋など、まだまだ当然という気になってくる。

そこでは「年がいもなく」などという言葉は、たちまちかすんでしまう。心強いような、まことに面倒なような気にさせられる。恋する衝動とは、本当に困ったものではある。

ところで、川田と俊子の恋のあらましを追うのに忙しく、いままで触れなかったが、川田順の親は、川田剛、一般には号の甕江《おうこう》で知られる江戸から明治にかけての漢学者で、維新の後、宮中に仕える学者となっている。そして、甕江の子、川田順は、正妻の子ではなく、いわゆる妾の子であった。

この父と子は、川田順が皇太子の歌の指導をすることになったとき、親子二代、宮中に仕えたことになる。

また、甕江は、すでに紹介した『墨水別墅雑録』の、向島で愛妾・瑞香さんとの日々を漢文日記でつづった依田学海と旧知の間柄、というより「無二の親友」(川田順による)であった。

川田順の自叙伝には、甕江の依頼によって依田学海が「川田少房本多氏墓碣銘」の一文を起草したことが記されている。ここにある「本多氏」とは甕江の愛人であり川田順の母親である本多かねのことである。

学海の起こした墓銘碑の文はもちろん漢文だが、辻井喬の『虹の岬』には、そのあらましの訳がある。

——姫の父は本多清助、母は大野氏、家すこぶる富む。後に父の資産落つ。その容色を利して大商に嫁せんとせしも、姫肯《がえ》んぜずして饗江に帰す。姫、清痩にして白皙、素粧澹泊——

とある。ここでの「姫」とは、もちろん、饗江の愛人であり川田順の母、本多かねのこと。

自叙伝では、他に学海の娘、柳枝《やぎえ》さんが川田順に語る思い出話や、学海翁自身のエピソードとして、「北村季晴といふ音楽家がピアノに合せて『勧進帳』独唱の最中だ。すると聴衆にまじつてゐた白髯の依田学海翁が『馬鹿もの、やめろ、やめろ』と怒鳴つたので、おどろいた幹事連が駈けつけ、翁をなだめて室外へ連れ出した」（明治三十九年四月八日、鹿鳴館の跡《あと》の華族会館での会合の一シーン）という、老いてなおますます血の気の多い学海の横顔がうかがえる記録もある。

饗江と学海、共に愛人ともども親しい交流があったようである。そういう饗江の子、川田順が、俊子との関係で悩み、死を決意したときに手紙を投函したのが、「数名の身内と、新村《しんむら》出、吉井勇、谷崎潤一郎」。言語学者で「広辞苑」の編者である新村はともかく、吉井勇は、例の銀座ダンスホール事件のスキャンダルで女房を離縁した一代の遊蕩歌人。谷崎もまた、佐藤春夫との女房譲渡事件他で、なにかと性的なスキャンダルの多い人物であった。

類は友を呼ぶというか、同病相あわれむというか、「ふさ子さん！ふさ子さん」の斎藤茂吉との交流も含めて、〝同じスネに傷持つ〟人の輪が感じられて、なんとも興味ぶかい。

*PART 9*

# あからさまな「秘めごと」(？)
# 老境の色情のしたたかさ

道ならぬ恋、年がいもない熱情、その関係を成就するためや維持するための隠しごとといった「秘めごと」など、考えてみればかわいいもの、という例がある。

世の中には、いわば周囲から〝鼻つまみ〟の痴情関係のケースも、じつは少なくはないのだろうが、世に知られた人で、格好の、というか呆れ返ってしまうような実例がある。

徳田秋声――はじめ尾崎紅葉の硯友社の末弟からスタートし、紅葉の死後、自然主義の作家として戦前まで文学活動を続けた、日本の近代文学を代表する人物。

この徳田秋声に私小説の傑作といわれる『仮装人物』がある。近代文学に多少なりとも親しんだ人なら知らぬ人なき、いわゆる〝順子もの〟の総決算というべき作品。

この作品の内容、くわしくは後述するとして、ごくごく大まかにいえば、妻をなくし六人の子をかかえた老境を迎えつつある小説家が、三十歳下の山田順子という小説家志望の若い女性との痴情関係にふりまわされ、それをあからさまにつづったもの。

秋声は妻の死後、順子と関係を結ぶと、彼女の多情な男性関係や、秋声自身と彼女とのやりとりなどを同時進行的に雑誌に続けて発表してゆく。このスキャンダラスな行為は当然、文壇内外の人々の関心をひくこととなる。しかし、それがあまりに多産されると、当然のことマンネリズムの印象を受けるようになるのだが、その後、十年の時を経て〝順子もの〟の集大成としての長編『仮装人物』が発表される。

それにしてもタイトルが『仮装人物』。〝仮装〟といえば、この本では、すでに、谷崎潤一郎、永井荷風、あるいは江戸川乱歩の作品にあたりながら彼らの中にある〝仮装趣味〟、あるいは〝仮装志向〟についてふれてきた。

谷崎の作品の場合など、女の着物を身につけて、足の指の爪にまで紅を塗るのだから、これはかなり極端な例だが、人は、日々の生活の中で、自ら意識もせずに多かれ少なかれ仮装して生きているのではないか。

あるスタイルを身にまとい、虚構の自分を演じてみせる。

もっとも身近なものは「制服」。たとえば警察官は、あの服装でいるかぎり、ナマの個人、裸の自分ではありえない。社会的秩序や市民の安全を守る警察官として存在する。

定められた制服ではないにせよ、サラリーマンはサラリーマンなりの、それにふさわしいスーツにネクタイといった服装をして、つまりは扮装をしてノルマを達成しようとする。

世間や仕事の場で、われわれは、多くの場合、個人の思想、信条や好き嫌いなどは表面に出さず、周りから求められていると思われる仮の装いをもって行動しているのではないか。

と、ここまで書いてきて、ふと気づかされるのだが、仮装に、意識的、積極的仮装と無意識的、受動的仮装ということがあるのかもしれない。つまり、非日常的な仮装をすることによって、抑圧的な世間や社会といったものから逃がれ、自分の欲求を満たそうとするものと、逆に、日常生活のため、世間の慣習やルールに合わせ私個人をおし隠すための、パッケージとしての仮装、とが。

そして、一般には、前者を仮装といい、後者は、もちろん、とくにこれを仮装とはいわない。あたりまえの、日常的なファッションにのっとったものだから。しかし、これもまた、世間で生きてゆくための仮の装いであることは、誰もが自分をかえりみれば納得のゆくことだろう。

意識的、積極的であるにせよ、無意識的、消極的であるにせよ、人は装い、自分の役まわりを演じて生きる。

さて、徳田秋声の『仮装人物』を見てみよう。『仮装人物』という作品は、次の一節から幕が上がる。

庸三はその後、ふとした事から踊り場なぞへ入ることになつて、クリスマスの仮装舞踏会へも幾度か出たが、或る時のダンス・パアテイの幹事から否応《いやおう》なしにサンタクロオスの仮面を被《かぶ》せられて当惑しながら、煙草を吸はうとして面《めん》から顎を少し出して、不図マッチを摺ると、その火が髯の綿毛に移つて、めら〳〵と燃えあがつた事があつた。その時も彼は、これから茲《こゝ》に敲《たゝ》き出さうとする、心の皺のなかの埃塗《ほこりまぶ》れの甘い夢や苦い汁の古滓《ふるかす》について、人知れず其の頃の真面目くさい道化《だうけ》姿を想ひ出させられて、苦笑せずにはゐられなかつたくらゐ、扮飾《ふんしよく》され歪曲《わいきよく》された——或はそれが自身の真実の姿だかも知れない、孰《ど》つちが孰《ど》つちだかわからない自身を照れくさく思ふのであつた。

長編小説の書き出しが「庸三はその後」というのも、かなり唐突のようだが、これは読者が、徳田秋声と順子のゴシップをよく知っていることを前提としているのである。つまり「その後」とは、秋声と順子の痴情関係が終った後、というわけなのだ。

それにしても、クリスマスの仮装舞踏会で〝サンタクロオスの仮面〟をかぶせられ、煙草のマッチの火が、綿毛のひげに燃え移ってしまう、この書き出しの一シーンはじつに印象的で、モダンである。

紅葉の弟子であった秋声は、硯友社の末弟としてスタートし明治、大正、昭和と生き抜き、たとえば音楽に関しては「子供の時から聞き馴染《なじ》んで来た義太夫や常盤津が、ビゼイやモッアルトと交替しかけてゐた時分」と、新しい時代感覚を受け入れているし、服装にしても「何か拘《こだは》りの多い羽織袴の気取りもかなぐり棄てて、自由な背広姿になり」と、老境に入ってなお、モダンな生活への転換をはかっている。

そして、この背広姿になったころからダンスホールでのダンスの味を覚えたようである。『仮装人物』の書き出しは、明治生まれで、生活苦に追われた小説家のものとは思われないハイカラな雰囲気だが、ここから、順子との痴情生活の回想というか、老境の作家の私生活の自己暴露的小説が始まるのである。

妻を失った庸三は――

風呂へ入るとか、食膳に向ふとかいふ場合に、どこにも妻の声も聞えず、姿も見えないので、彼はふと片手が捥《も》げたやうな心細さを感ずるのだつたが、一方また思ひがけなく若い時分の自由を取戻したやうな気持にもなれた。彼は再婚を堅く否定してゐたので、早速何か世話しようとし気を揉んでゐる人の友情に、何の感じも起らなかったが見知らぬ世間の女性を心窃《こいろひそ》かに物色してもゐた。

という心境であり、そんな庸三のもとに、作家としてデビューしたいと野心を抱く葉子（モデルはもちろん山田順子）が急接近してくる。彼女の乱脈ともいえる男性との出入りを知りつつ、庸三は葉子の魅力に引き込まれるように関係をもってしまう。

徳田秋声、五十六歳。山田順子、二十六歳。ちょうど三十歳の年の差がある。秋声が順子と交わった朝の状態がこう描かれている。五十代後半も過ぎた秋声だが、「分別ざかり」などという言葉は、なんの効力も持っていないことがわかる。ここにあるのは老境を前にした男の官能の全開である。

庸三は乾き切つた心と衰へはてた肉体には、迚《とて》も盛り切れないやうな青春を、今初めて感じたのだつたが、さうしてぼんやり意識を失つたもののやうに、昨夜一夜のことを考へてゐると、今まで冬眠に入つてゐた情熱が一時に呼び覚まされて来るのを感じた――それに堪へ切れない寂しさが、彼を悲痛な悶《もだえ》に追ひこむのであつた。――透《す》き徹《とほ》るやうな皮膚をした輭《しな》やかな彼女の手、赤い花片に似た薄い受唇、黒ダイヤのやうな美しい目と長い睫毛《まつげ》、それに頰から口元へかけての曲線の悩ましい媚、それらが都《す》べて彼の干からびた血管に爛《たゞ》れこむと同時に、若い彼女の魂が悉皆《すつかり》彼の心に喰ひ入つてしまふのであつた。

女は、文壇に発言力のある（と彼女は思い込んでいるが、実際はすでに時代から取り残されつつある）老大家に接近することにより作家デビューをもくろみ、一方、男は、妻を亡くした淋しさと解放感から若い女体に溺れてゆく、という情痴小説を絵に描いたようなパターン。しかも男は、愛人との交渉や葛藤を、自ら怪文書でもバラまくようにその一部始終を雑誌に書きつづってゆく。まさに自然主義作家の面目躍如といったところか。

庸三と葉子が男と女の関係になった後、庸三は葉子の男関係に嫉妬し、ふりまわされることになるのだが、一方、庸三の方も、ちょっと一般の感覚からしてみると考えられないような行動をとっている。

この五十も半ばを過ぎた老大家は、なんと、三十歳年下の女性を愛人にしていながら、いわばヒモの生活なのである。世間的には自然主義文学の第一人者といわれる作家が、年若い愛人に平気で金を支払わせている。初老で子連れのヒモなのである。しかも、この金の出どころは葉子と関係のある男達から、と知ってのことというのだから、これは、やはりちょっとすごい。並の男の神経では不可能なことだろう。

料亭の払ひは、いつも庸三がするとは決まってゐなかった。寧ろ大抵の場合、葉子が帯の間から蟇口《がまぐち》を出して、

「私に払はせて。」

と気前を好くしてゐた。彼女は無限の宝庫をでも持ってゐるもののやうに見えた。

って、稼ぎがない女性とわかっているくせに「無限の宝庫をでも持ってゐるもののやうに見えた」と、かりそめにも言ってしまうところがすごい。私は、この老大家に、なにか〝土着的な受け身のしたたかさ〟のようなものを感じてしまう。

これ以前の文章にも、

「ねえ先生、私何にもなくて不自由で仕様がないでせう。お宅にゐてもお茶もらひのやうに思はれるの厭なの。松川さんのお金で簞笥と鏡だけ買ひたいと思ひますから、一緒に来て見てくれられない？」

と葉子に言わせている。ここに出てくる「松川さん」とは葉子のもと亭主である。つまり、もとの亭主からの金で、庸三と葉子の愛の生活のための家具を買いに行こうというわけだ。まだある。葉子の痔の手術の後の養生のときの話。

「それよりも私温泉へ行かうかと思ふの。湯河原何う？」

葉子は或る日言ひ出した。

「さうだね。」

「お金はあるの。先生に迷惑かけませんわ、二人分四百円もあつたら、二週間くらゐ居られない？」

庸三も幾許《いくら》か用意して、東京駅から汽車に乗つたのは、翌日の午後であつた。

「庸三も幾許か用意して」というところが、かえって、彼がほとんどそういう支払いをしていないことを明らかにしているようなものではないか。

自然主義作家、徳田秋声は山田順子との愛欲の葛藤を、たとえば金に関わるシーン一つとっても、可能なかぎりつぶさに描いたといえるだろうが、それは当たりまえのことながら、秋声の側からの描写でしかない。

ところが、幸いにも、といっていいのだろうか、山田順子による、いわば順子側からの『仮装人物』ともいえる『女弟子』と題する作品がある。この山田順子の『女弟子』は昭和二十九年、ゆき書房という出版社から出ている。発行者は山田ユキ。発行所の住所は、鎌倉長谷一番地で当時の山田順子の住所と同じである。つまり私家版としてこの『女弟子』は刊行されたようである。

こちらのほうは秋声の『仮装人物』より、文章の巧拙はともかく、また自己愛めいた個所が気になりはするものの、妙にリアルで秋声に対しても辛辣である。

自らの生の美醜もあますところなく描き切る自然主義の第一人者とされる秋声が、この文を読んだらどのような批評をしたか聞きたいところではあるが、秋声は幸か不幸かこの作品の出る十一年前、七十三歳ですでにこの世から去っている。

ともかく『女弟子』を見てみよう。

『女弟子』の第二章「襲われた雌鶏」には、漾子（順子）が秋声と初めて関係を持つ（彼女からすれば襲われた）時の状況が描かれている。なにか、戦後すぐの夫婦雑誌かなにかを読んでいるような気分にさせられるが、秋声が実名ででてくるので（これはかなり事実に即した記述なのではないか）という関心もわく。ちょっと長い引用になるが、内容が内容だけに退屈はしない文章である。

その翌日の午前のことである。別れを告げて、同道した女弟子の小夜夫人をうながし、師匠の秋声が漾子の下宿先の部屋から去ったのは、二、三分前だった。（中略）なのに又、心なしか秘そめたような足音に、耳ざとく臥ったなりの漾子が目を上げると、廊下との境の取手に掛った手は五十代の老いた師の手であった。忘れ物をしたような一種気怪な表情で、開けた障子を後ろ手で秋声は閉めた。無言で、心持火鉢の側に坐りそうにたゆたったが、洋服着の彼の服装に何か異様なものを感じても安心している漾子の方へ、そのなり彼はつかつかと歩み寄った。窓でも開けて風邪気から来る部屋の空気に加減をして呉れるのかと漾子は信じようとした。が、次の刹那《せつな》に彼女の掛布は足許から逆に一気めくり取られていた。

「あ、先生!」

と叫ぼうとした時は、飛鳥の速さで漾子の汗ばんだ腹部には白髪を交えた師の秋声の頭がしっかと伏つてい、払い除けるにも両手が動きもならなく押えられていた。生温かなすべっこい感覚のものが、彼女の恐れの中を、戦きをあやなすように生命の中心部を静かに静かにすべり出していた。漾子はこんな思い切った男の求愛を知らなかった。まして、男が男の器物を用いずに女を征服するという、こうした遣り方を思いだにした事はなかった。彼女は身をよじった。

「およしになって。先生勘弁して下さい……。」

答はなかった。答の代りのように、彼女の官能は必死なサービスを試みている彼の仕草に、意志に反して悩ましさを増して行った。

まるで、ポルノ映画の一シーンを見るような状況描写である。この部分は『女弟子』が出たとき一部のマスコミのゴシップのネタになったはずである。

秋声は〝女弟子〟によってこんなことも書かれてしまう。

呑婪な酒呑みのように、金銭にひどくけちな秋声は、そのけちさを隠蔽《ぺい》し、埋め合せる術のように肉体交渉に寸時も手を弛《ゆる》めようとはしなかった。

そして、

漾子が意志に反した官能の具となり了ると見ると、秋声は不思議な、不ていな若々しさを帯び出してゆく。年若い漾子の肉体が、切実な辛さを示し乍ら、分泌するものを、そして守銭奴の貪婪さと、奇蹟に成功した傀儡師の歓喜と、飢えた乳飲児の渇望さながらに、飲みほすのだった。彼女は、自分の貴重な血液を用捨ないやり方で呑み干す半白頭の不思議な人の老人の頭を、観念の眼を閉じた様《さま》をすてて眺めやることもあった。貪り尽した後で、示す秋声の面差しこそ……そのらんらんと見はられた瞳こそ、狂気と正気の紙一重の真剣なものであるのを、そして知るのだった。彼は望を達すると、労働をした事の無い、しなやかな漾子の手首を取って、自分の濡れた口元にこすりつけ、脂気の多いぬらぬらした自分の頬に当て、こすってみ、なでてみて、その白さ、しなやかさを存分に楽しみ戯れてあくこともなげであった。

(中略)

多くの場合自分の血は惜しんで使わずに、若い漾子の肉体から搾り取る血液で、ゆとりと自信に満ちた彼は、敬遠され棚上げされようとしている老大家の地位から、彼の羨む、金を派手に取り、勝手に好きなところに消費している現代作家の域にカムバックす可く、そうしておもむろに気息をひそめて、口中に何かをヒソヒソと呟きつつペンを下し、すすめてゆくのだった。

こんなことまで書かれては、〝老大家〟もまさに顔色なし、ではないか。順子は『仮装人物』に描かれた仇を二十年後に取りにきたのである。「物書く女性を愛人にしてはいけない」と物書きの男性の間でささやかれる教訓はここに生きてくると言うべきか。

それはともかく、秋声という男の側から書かれた『仮装人物』と、女の順子の側から書かれた『女弟子』、どちらが真実の姿か問うても始まらないし、意味もないだろう。ことは、当事者である二人だけが知る性愛のあれこれなのだから。しかし……と、ここであることに思い当たる。一つの推論というか仮説のようなものだが。

徳田秋声

それは、自らの生の暗部もなにもかもありのままに、赤裸々に描くという自然主義という文芸のスタイルは、ことによると巧妙な隠蔽の装置にもなりうるのではないか、ということである。

自然主義という小説の形態が〝つつみ隠さずに書く文芸〟という先入観を世の人に成立させた時点で、それ自体が、トリックの役を果たすことになるのではないか、と。

秋声は自分と順子との愛欲の葛藤劇を『仮装人物』に描いた。本来ならば「秘めごと」であってもいいはずのことがらを、自ら暴露するように書きつづった。

その相手の順子が後に『女弟子』を書いたのは、秋声の『仮装人物』に描かれている順子と秋声の姿が納得できなかったからにちがいない。

秋声と順子のもう一つの姿は、私小説作家・川崎長太郎の「徳田秋声の周囲」にも描き留められている。川崎長太郎が「徳田秋声の周囲」で描く秋声と順子の姿は、それぞれ、また別の二人のなまぐささを伝えている。

徳田秋声の晩年と思われる写真を見る。首に襟巻きを巻いて火鉢に手をかざす、その手は筋ばった老人の手である。後ろになでつけたような髪は白毛が混じるが豊かで、額はひろい。眼はいわゆるタレ目だが眼光は鋭く、口もとには深いシワが刻まれている。一見し

山田順子

て、老獪で一筋縄ではゆかぬ面相である。

　一方の若い順子の写真は、これはもう竹久夢二の作品そのままのような顔立ちと小首をかしげたポーズで写っている。それも道理、順子は処女作の装丁を夢二に依頼したことが縁で一時、夢二と関係を持っている。私が見た順子の写真は夢二と付き合っているころの順子かもしれない。その風情が、あまりに夢二調なのである。しかし、いずれにせよ、この写真の順子は世の男を迷わせるに十分なコケトリーを発散させている。


　ところで、昭和二十九年刊の『女弟子』には、口絵に、すでに中年となった「作者近影」が掲げられている。着物姿でソファに腰かけ艶然と微笑みかける順子だが、手にしたタバコとライターの位置と角度などから、どうしても素人とは思われない雰囲気がただよってくる。これまた十分に、したたかな女の印象を受けるポートレイトなのだ。

　秋声と順子。本来「秘めごと」であるべき愛欲の世界を、自ら世に暴した男と女。彼らにとってその交情は秘めるべき価値すらなかったのか。秋声は順子の出現により、消えかかっていた官能をよみがえらせるだけではなく、枯渇しつつあった執筆衝動をも復活させようと目論んだふしがある。きつい言い方をすれば、順子という肉体を自分の生理的生命と文壇的生命、双方の回春の犠《いけにえ》にしようとしたといわれても仕方がないだろう。

一方の順子は、性に乱脈な女と世の嘲笑と好奇の視線を受けながら、作家への野心を抱きつつ、身を挺するように〝老大家〟秋声の情欲に身をゆだねる。

この二人の愛欲生活に見当らないのは、その愛を大切に思うため「秘めごと」にしよう、という自分たちの愛への切実な思いである。『仮装人物』と『女弟子』に見られる愛の姿は、その情欲すらもが目的ではなく、自ら、他に売り渡されるものでしかないように描かれている。

秋声は『仮装人物』の中で、「女の貞操ほど容易《たやす》く物質に換算されるものはなかった」と順子に関連しながら語っているが、それを言うのなら、「作家の人生ほど容易く物質に換算されるものはなかった」とも言えるのである。作家は貞操どころか、自分の人生の最も大切なものすら「物質に換算」しかねない。

それを思えば、たとえそれが自己保身からくるものであったにせよ世間のルールから逸脱した、その恋を、その愛情関係を「秘めごと」として守ろうとするのは、愛に対する誠意の証しかもしれない。
秋声と順子の愛の姿は、「秘めごと」礼賛を、ネガティブな形で補強してくれる。

PART 10

# 「物食う女」が「物書く女」に変態するとき

徳田秋声と山田順子の、「秘めごと」どころか、恥も外聞もないような愛欲模様と、そこから生じた文芸の毒に少々、当てられた気分なので、気持ちを一新したくなり、別の相聞の文章を手にする。しかも、戦後の、青春の香りのする。いわば、コーヒーブレイク。

とても大切にしている一冊のアンソロジーがある。もうかなり前に出た本で、奥付を見ると昭和五十三年刊とある。タイトルは『物食う女』（北宋社刊）、武田百合子監修。これは堀切直人による編集で「イメージの文学誌」のうちの一巻。

昭和五十三年というと、夫の武田泰淳が没して二年。五十一年に泰淳の口述筆記で『目まいのする散歩』、五十二年に泰淳との富士山麓での生活日記『富士日記』を発表したものの、この時点でプロの物書きでもなかった武田百合子を監修者に据えた編集人・堀切直人の編集センス、企画力に脱帽する。

この『物食う女』の執筆者の顔ぶれや本文に挿入された図版の選択がいかにも美味しく、雑誌のような造本ながら（といっても三百五十ページを超すボリューム）、私にとって、愛蔵の一冊であった。

好きな本を、これはと思う人に読んでもらいたくなるのは人の常。本を読むことにも食べることにも人一倍情熱を抱いている若き友人にこの本を貸したところ、酔っぱらってどこかへ置いてきてしまったらしい。

書店で入手できる新刊本ならまだいい。この『物食う女』はとうの昔に書店から消えている。失くしてしまったものはとやかく思っても仕方がない、とはわかっていても正直、ちょっとガッカリしていたら、神様が同情してくれたのか、古書展の棚で、とても保存状態のいいものを見つけることができた。もともと、このシリーズは時々古書で目にすることがあったのだが、手元からなくなって、すぐ、また美本が入手できたのが幸運のようでうれしかった。

ところで、なぜこの本、『物食う女』が、そんなに好きなのだろう、と自問してみる。その理由の一つは、巻頭の一文による。長さはたった見開き二ページ。タイトルは「枇杷」。執筆者は監修者でもある武田百合子。

原稿枚数にしても、四百字ヅメで三枚ちょっとか。短篇というより超短篇の、この一文にまいった。ゾクゾクッときた。

内容は、夫・泰淳が、果物の枇杷の実を食べるシーンの回想なのだが、こんな説明では「枇杷」の文章の魅力をなにも伝えたことにはならない。原文に当たってもらうしかない。

武田百合子は、この、たった四百字三枚ちょっとの「枇杷」一篇だけでも、名エッセイストとして、世に残ったのではなかろうか。『物食う女』の「まえがき」として書かれた「枇杷」は、その後、食べることをテーマとしたいくつかのアンソロジーの中にも収録されているが、武田百合子の著作『ことばの食卓』(一九八四年・作品社刊、一九九一年・ちくま文庫収録)で読むことができる。

ところで、このアンソロジー『物食う女』には〝仕掛け〟があった。「枇杷」で百合子によって描かれた武田泰淳自身の文章も収録されている。その作品のタイトルがズバリ「もの食う女」なのだ。そして、その文中に登場する「房子」が、明らかに武田百合子とわかる(といっても、この時点では、百合子と泰淳は結婚していない)。

この泰淳の「もの食う女」が、また、いい。

巻末の初出一覧によると、この文章は昭和二十三年十月「玄想」に掲載されたというから、一九一二年生まれの泰淳、三十六歳の時の筆になるもの。ちなみに百合子は一九二五年生まれだから、泰淳との年の差は十三歳。泰淳が三十代の半ばのころ、百合子は二十代の前半ということになる。

「もの食う女」には、筆者（泰淳）と房子（百合子）の恋の情景が描かれている。時代は敗戦後の混乱期。

泰淳の「もの食う女」は、こういう一節から始まる。

よく考えて見ると、私はこの二年ばかり、革命にも参加せず、国家や家族のために働きもせず、ただたんに少数の女たちと飲食を共にするために、金を儲け、夜をむかえ、朝を待っていたような気がします。

という「私」は、弓子という新聞社勤めの「結婚の経験もあり、大柄な、ひどく男をひきつける顔だち」の女と、もう一人、「しずかな、くすんだ木組で守られた」「古本屋街の喫茶店」で立ち働いている「房子」という二人の女性と付き合っている。

「私」は、男の付き合いも多い弓子に、惚れ込むが、彼女に振りまわされ、疲れた神経の癒し場所として、神田・神保町の路地裏、闇で焼酎なども飲ませる半分、バーのような喫茶店で働く房子の元にも通いつめる。

その房子は――

いつも素足で、それに赤と黒といれまじったような色のスカートがいつまでもとりかえられることがありません。ブラウスも、このスカートの色をうすくしたようなのが一枚、黒い支那服のもの一枚しかありません。とてもひどい貧乏なのです。傘がないので、雨のはげしい日は家並の軒づたいに走って店へ出るのです。だから時々、髪や服がまだ湿っていて、身体全体が疲れて見えることがあります。古道具屋で買ったというサンダル式の靴もこわれていて、片方は黒い紐で足首に巻きつけてあります。

というような風体。雨が降っても傘すら買えないという、こういう、若い娘の貧しさは今日の社会からはちょっと想像がつかない。その貧しさには気高い雰囲気すらただよっている。

「私」には房子が「私を好いて」いるということがわかっている。

私が弓子に会えないでムシャクシャして、久しぶりでその喫茶店へ出かけ、隅の席に腰をおろすと、彼女はすぐお辞儀をしてから注文をききます。それから勘定台の向う側のボーイに「わたしにもドオナツ一つ下さいな」とたのみます。ガラス容器の中に、チョコレートなどと一緒に並べてあるドオナツをボーイが一つつまみ出してくれる。すると彼女は私の方へ横顔を向けたまま、指先でつまんだ上等のドオナツに歯をあてるのです。よく揚った、砂糖の粉のついた形の正しいドオナツを味わっている。その歯ざわりや舌の汁などがこちらに感じられるほど、おいしそうに彼女はドオナツを食べます。まるでその瞬間、その喫茶店の中には、イヤこの世の中には彼女とドオナツしかなくなってしまったように。私が来たという安心、そのお祝い、それから食べたい〳〵と想いつめていた欲望のほとばしりなどで、彼女は無理して、月給からさしひかれる店の品物を食べてしまうのです。それには恋愛感情と食欲の奇妙な交錯があるのです。

「食べることが一番うれしいわ。おいしいものを食べるのがわたし一番好きよ」

はじめてのあいびきの際、彼女は私にそう言いました。

いいなあ、とつくづく思う。泰淳によって描写される房子の姿が、じつにいい。好きな男が店にやってきたので、うれしくて、給与から天引きされてでも、店のドーナツを注文する房子がいい。また、その房子を観察する「私」の視線がいい。

それに比べて、今日の、私たちの傲慢な飽食の時代の精神的貧しさ、物があふれかえったところから生じる疲労感はどうだ。「もの食う女」の美しさは、終戦後のドサクサ闇市的社会背景あっての光芒なのか、とも思ってしまう。

百合子が神田・神保町の喫茶バーに勤めていたころの話は、泰淳の『目まいのする散歩』（泰淳の脳血栓の病後のため泰淳が口述、百合子が筆記）のうち「鬼姫の散歩」の中でも語られているが、百合子側からの描写にも当たってみたい。『遊覧日記』（一九八七年・作品社刊、一九九三年・ちくま文庫収録）の中の「あの頃」と題する一節。

ぶどう糖を進駐軍のハーシーココアでまぶした玉チョコレートの行商をしているとき、得意先に神田神保町冨山房裏のRという酒房があった。玉チョコを卸し、一週間後、売れた数だけ代金をうけとり、補充する。代金をうけとって、まわりを見まわすと、客のほとんどが、透きとおった、または少し白濁した液体の入ったコップを握りしめて、愉快そうにしている。今度は椅子に腰かけて客となり、玉チョコ代金で、みんなと同じもの（カストリ焼酎）を注文した。カストリは五臓六腑にしみわたって、指の先まで力を漲らせてくれた。闇のカツ丼よりも天丼よりも確実に、迅速に、お腹をいっぱいにしてくれた。毎週くり返すうちに、いっそ、この店で働くのが一番手っとり早いのではないか、と気がつき、女給仕となった。まもなく家を出て店の二階に住みついた。

文中の「Rという酒房」は、武田泰淳の「もの食う女」にも登場している戦後文学史に登場する神保町「ランボー」。この店は代がわりして、アルゼンチンタンゴを聞かせることで有名な「ミロンガ」となり、さらにしばらく前、世界のビールとアルゼンチンタンゴの「ミロンガ・ヌオーバ」として今日も営業していて、私の好きな喫茶店の一つである。

さて、もう一度、泰淳の「もの食う女」に戻りたい。房子と「私」の切々たる「あいびき」が待っているから。

まずは、新宿でのデートのあらまし。

紙製の花模様の晴雨兼用の傘を買って房子にプレゼント（貧しい彼女は傘を持っていなか

った）。房子、露店で豆ヘイ糖とハッカ菓子を買う。映画を見て、アイスクリーム。「私」は街の雑踏にもまれたせいか、疲労を感じて帰りたくなるが、兄夫婦の家に同居している彼女は家を敬遠していて「私はまだ遊んでるわ」というので、多摩川まで遠出することになる。

多摩川のボート乗り場は増水のため休業。房子、裸足になり砂地を歩き、流れの中を嬉しそうに歩き回る。渡し船に乗る。その船の中で房子の手足の指を眺め「弓子のより醜いな」と思ったりもする。

「わたし歩くの平気よ」という彼女と長い土手を松林の方に向うが途中で土手を降り、熊笹の上に坐る。二人、熊笹の上で横になる。「私」は、キリスト教徒である彼女に「讃美歌をうたってごらん」と命令する。「主よ、ましまさば」を歌った後、彼女、新劇をやりたかったことなど話し「パンが食べたいな」とつぶやく。夕方が近づいている。

新宿に引き返し、渦巻パンを買い、その袋をかかえて、「高いわよう。こういうとこ」と彼女が心配する、とんかつ屋に入る。二階の部屋に案内された二人は、厚いカツレツと持参のパンで日本酒を二本飲む。

この後は本文を引用したい。

「おいしいわね」と彼女は興奮して繰りかえしました。「接吻したいな。いい?」とたずねるとうなずきました。

「だって、何でもないもの。そんなこと」と、横ずわりにした足を少し引きよせていました。畳の上をにじりよって、真赤に酔った私は、彼女の肩をかかえました。私の目の下で彼女の瞳は、女中が閉めて行った障子の方に向けられていました。唇や肩とは無関係に、黒目だけがそちらに結びつけられていました。

この後、二人は映画館に入り、出ると九時過ぎ。駅のホームで房子にアイスキャンディーを買う。そして「彼女の家まで送って行く途中、暗い細長い路で、酔の発した私は猛烈に彼女を抱きすくめては接吻しましたが、彼女は笑顔でなすがままになっていました」ということになる。

ところが、それから一ヵ月ぐらい、「かみそりの刃を渉るような弓子との関係で息がつまり」房子のいる喫茶店にも顔を出さない。そんなある日の昼前、雨の駅で房子と出会う。彼女は雨でぬれそぼり、あわれな姿。彼女は「私」に買ってもらった安傘の感謝の言葉をのべる一方、「Tさんが来ないから、みんな、わたしが棄てられたんだって言うのよ。だって一月半も来ないんだもの」と恨みごとを吐いたりする。

神保町の喫茶店への出勤前の彼女と昼飯をとるために神田で降り、駅前の新しくできたとんかつ屋に入る。「お客さんが、こことても高いと言ってたわ」という店で「彼女は満足し、ゆっくりと」味わい「私を見つめる目が、遠くの山でも眺めている感じになりました」となる。

そのあと、寿司屋に行こうとすると「わたし知っているところがある」と裏通りの淋しい路の、狭い氷屋に案内される。そこで卵の寿司とのり巻きを食べ、彼女の店で、カストリを飲み、「私」は二つ三つ用事をすませて、九時ごろまた店に戻る。ちょうど帰り仕度をしていた彼女と駅までくると、例のとんかつ屋がまだやっていたので再び入る。彼女は店を出てから大福餅を買う。「私」は泥酔に近い状態である。ここから先がいい。


会社線はやはり終電車でした。送って行く闇の路で、私はこの前よりなお一層乱暴に彼女を愛撫しました。「怒る?」ときくと「女って、こんなことされて怒るかしら」と、彼女は私の自由にさせていました。細いゆるやかな坂道が、下ってまた上がっている、その暗い長い直線の路に、かなりの距離をおいて、外燈が三つ四つぼんやりともっています。彼女の家へ曲がる横丁の所で私は急に「オッパイに接吻したい！」と言いました。それがこんな場所で可能であるとか、彼女が許すとか、それら一切不明の天地混溟《こんめい》の有様で、その言葉が、嘔吐《おうと》でもするように口を突いて出てしまったのです。すると彼女は一瞬のためらいもなく、わきの下の支那風のとめボタンを二つはずしました。白い下着が目をかすめたかと思う間に、乳房が一つ眼前に在りました。うす黄色く、もりあがって、真中が紫色らしい。私は自分がどのようなかっこう、どのような感情を保っているのかも意識せずに、そのふくらんだ物体を口にあて、少し噛むようにモガモガと吸いました。そしてすぐ止めました。何か他の全くちがった行為をしたような気持、あっけない、おき去りにされた気持でした。彼女はやさしく笑って、「あなたを好きよ」と、ふり向いて言うと、姿を消しました。

なんとステキな女なんだろうと思う。彼に乱暴な愛撫をされて「怒る？」と聞かれたとき、「女って、こんなことされて怒るかしら」とスパッと言える彼女。また、彼に乳房を与えた後「あなたを好きよ」とふり向いて言って、姿を消す彼女——。

また、そういう彼女を描きだす武田泰淳の筆。そして、このあとの文章が「もの食う女」の極めの一節となる。

「あれは何だろうか、彼女の示したあのすなおさは何だろうか。あれは愛か」と私は揺れる身体をわざと揺すらしながら考えました。「もしかしたら、あれは、御礼なのではないか。とんかつ二枚の御礼なのではないか。彼女はまるで食欲をみたす時そっくりの、嬉しそうな、又平気な表情をうかべていたではないか。食べること、食べたことの興奮が、乳房を出させるのか。ああ、それにしても自分は彼女の好意に対して、何とつまらぬ事しか考えつかぬことだろう。まるで俺は彼女の乳房を食べたような気がする。彼女の好意、彼女の心を、まるで平気で食べてしまったような気がする……」

友人の家にころがり込んでからも重苦しさはつづきました。「食欲、食べる、食欲」と私はうつぶせになってうなり、それからすすり泣く真似をしました。泣くのが下手な以上、その真似をするのが残された唯一の手段のように考えたからでしょうか。

く人としてデビューする。今日、新刊書の文庫の棚では、泰淳の作品より百合子の本が多く並べられている。

夫、武田泰淳の口述を筆記した『目まいのする散歩』や、原稿用紙、三枚半の文章、「枇杷」が、百合子の愛と、それをつづる才能を世に知らしめることとなった。

「もの食う女」の百合子は、ムシャムシャとドーナツを食べ、とんかつや寿司を食べ、アイスキャンディーを食べ、パンを食べ、そして、ある日、突然のように、輝く文体を持った「物書く女」として現われる。まるで、蝶の変態のようではないか。

武田百合子という存在を見ると、なにか、奇跡が起ったように思えてくる。「ボーイ・ミーツ・ガール」。泰淳、百合子と出会う。奇跡は、ここから始まった。

〈補1〉武田百合子という女性の存在の魅力と謎に肉迫した作品に、村松友視による『百合子さんは何色——武田百合子への旅』（一九九四年・筑摩書房刊、一九九七年ちくま文庫収録）がある。

〈補2〉「文藝別冊」KAWADE夢ムックシリーズの一冊として『武田百合子——天衣無縫の文章家』が刊行（二〇〇四年）されている。ここには、百合子の実弟の鈴木修氏の「姉・百合子の素顔」と題するインタビュー記事が収録されている。また、百合子の子供時代の写真や泰淳とのツーショットが掲載されていて、実に興味ぶかい。中でも、ドキッとしたのは、百合子が虎（?）のお面をかぶって泰淳と写っている写真。なるほど、武田百合子は、ネコ科の猛獣でもあったのかと思ってしまった。

PART 11

# 目を見はらされる女性の性愛謳歌と誇り高き、その「秘めごと」ぶり

この「秘めごと」礼賛の稿を書きつづる間の、私の楽しみは、これはと思う関連図書の気ままな探索と、これによって入手した作品を存分にしゃぶり味わいつくすことであった。

この本のテーマや私の言いたいことそのものなどは、多分、個条書きにすれば、見開き二ページほどで用の足りてしまうものであったかもしれない。それを、あたかも〝容疑者〟（もちろん私自身がその一人なのだが）の罪を弁護する弁護士のように、「秘めごと」礼賛を正当化するための〝弁護資料〟をあれこれ集めて、こうして列挙、開陳してきたことになる。

この弁護資料の探索と検討が実に楽しい。それに比べれば読者に向かって、こうして原稿を書く行為そのものは、楽しみの後の、快楽の後始末のような気さえしてくる。

ということもあってか、原稿を書くためにと、あらかじめ準備した時間の七割、いや八、九割は、実際は、原稿執筆という〝後始末〟の作業から逃げて弁護資料の探索と検討にいそしむということになる。

頭では（こんな本など手にしていないで、ちゃんと原稿執筆に向かわねば）とか、（三日後には一部でも原稿を渡さなければならないんだから、そろそろ取りかからなければ）と思いつつも、その実、弁護関連資料を手に、それら作品を味わっているときの、うしろめたくも甘美な時間——。

この、一般的には怠惰としか思われない（実際、怠惰そのものなのだが）、至福の時間を満喫していると、

（物を書くことの真の意義とは、書かねばと思いつつも、そこから逃がれて、余計な本を読んだり、あれこれ思いをめぐらせたりして机に向かわずに時を過ごす、この、無為にして豊かな時間に遊ぶことそのものにあるのではないか）

と、自分に都合のいい罪逃れの解釈などが浮かんでくる。

テーマは一応頭に浮かべつつ、（適切な資料を見つけねば）と、図書館にでも行けばいいものを、わざわざ古書店めぐりで時間をつぶしたり、（これも関連図書だから）と、さして関わりのない本をいそいそと手にしたり、あるいはただボーッとしている、そういった〝書かない〟時間にこそ豊かな意味があり、実際に仕事に取りかかることなどは、たとえば酒造りでいえば、醸造過程の最後の、酒粕しぼりの作業のようなものではないか、と

思えてくる。

馥郁《ふくいく》たる美酒は酒造りの経過の中で存分に自分で味わってしまって、しぼりカスの酒粕を読者に提供する、となると、ずいぶん失礼な話のようだが、本当のところ、そんな気がしているのだから始末がわるい。

というわけで、私は先日も、この項を執筆するためという理由をつけて、近所の古書店に出向き、そこで物色、入手してきた瀬戸内晴美選・日本ペンクラブ編『愛のかたち』(集英社文庫)を読んで過ごした。本来なら原稿執筆をしなければと空けておいた一日だったのだが。

ご存知の方も多いかと思うが、このシリーズは「文学史上に残る名作、埋もれた傑作を収録」と銘打たれた、一テーマに一選者(作家)を起用してのアンソロジー本である。

シリーズ中、中村光夫選による『私小説名作選』や丸谷才一選の『花柳小説名作選』は私の愛蔵文庫本だが、このたびは、ふだんはあまり手にしない、女性作家だけの作品が集められたアンソロジーを読んでみようと思い立った。

収録作品中、河野多恵子「幼児狩り」、大庭みな子「淡交」、津島佑子「歓びの島」といった作品が、とくに印象に残った。いや〝印象に残った〟などと、おざなりな表現をしてはいけない。じつは、作品選びの妙もあってか、この文庫を手にした後遺症か、これら女性作家の作品におそまきながらハマリかかっているのである。

その魅力は、といえば、きわめて雑な言葉でいえば〝エロっぽい〟のである。〝エロス〟とか〝エロティシズム〟といった耳ざわりのいい言葉より、この場合、私にとっては〝エロ〟という言葉のほうが実感がある。リアルな生理を感じさせてくれるのだ。男の作家の作品ではまず出会えない〝エロの世界〟がとても新鮮で、読んでいて気持ちよいのである。一様に、不快な湿り気がない。エロぶりが、それぞれ等身大で、しかも堂々としている。

男だったら、どこか、うしろめたげでオドオドしたり、逆に、それをごまかすために妙に居丈高になったりしがちなのに、彼女たちの描くエロは「そうよ、だからなに？」といった淡々としたというか開き直ったというか、とにかく思い切りのよさが感じられる。小気味がいいのだ。だから、読んでいてコワくて、おもしろい。

この〝コワおもしろさ〟に関しては、じつは、以前から少々なじみがある。女人短歌の世界である。

この世界とは、ひょんなことで出会った。短歌の同人誌を主宰する老婦人と知り合い、彼女からの誘いで、年二回ほどの、熱海で開かれる合評会を傍聴することとなったのだ。夏と冬の二回行われる合評会は、熱海の海岸や浜から打ち上げられる花火大会の日であることが多かった。とくに冬の熱海の花火はいい。それはともかく、そこで、短歌を作る女性という生物を初めて見た。作られた短歌と、その歌を詠んだ本人に、まぢかに接する機会を持った。ほとんど中年か、それ以上年かさのいった女性たちの、それぞれの生からつむぎ出された言葉が三十一文字の生命体として提出される。それをまぢかに観察することとなったわけである。

これは、未知の生物に出会ったような、コワおもしろい体験であった。外見は、ふつうの婦人の、あるいは老婦人の、彼女たちが作り出した作品のほとんどが、私にとってはコワくて、興味ぶかかった。

というわけで女性の作った短歌に関する入門書を書棚から引き出して見てみる。雑誌、「國文學」(學燈社)の『恋歌』の特集(一九九六年十月号)、別冊「文芸読本」(河出書房新社)『女流短歌』(一九八八年七月)、道浦母都子『女歌の百年』(岩波新書)。

その他に、馬場あき子の『女歌の系譜』(これはたしか朝日選書)や、道浦母都子の『乳房のうたの系譜』(筑摩書房刊、この本は、私はある雑誌で紹介したことがある)が手元にあったはずなのだが、見当らない。

まあ、いい。前記三冊の本でも、女歌の世界をのぞいてみるのには十分すぎるほどだろう。短歌は（俳句もそうなのだが）作品としての文字数は少ないが、その鑑賞には、けっこう時間を必要とする。これは、と思った作品を、しばし舌の上に載せ、あるいは胸の内で反芻《はんすう》してみる。いわば口中のアメ玉をころがすように、その味を味わってみる。そうしてみると、作品によって〝うま味〟の持ちのよしあしがあることに気づかされる。〝持ち〟の悪い作品は、鑑賞者にとって相性のよい作品ではないのではないか、ということになる。短歌や俳句は見た目は細いが、水の中に入れてしばらくすると大きく花咲く、水中花のようなものかもしれない。

余談はともかく、女歌そのものに当たってみよう。道浦母都子の『女歌の百年』は、『サラダ記念日』の俵万智の作品紹介から始まる。女歌の世界の扉が一般的な読者の層にまで開かれたのは、なんといっても俵万智の存在が大きい。別冊「文芸読本」から『女流短歌』が出たのも、一連の〝万智ちゃんブーム〟に乗ってのことだろう。

この俵万智と、明治三十年代『みだれ髪』で登場した与謝野晶子が、近代から現代にわたっての二大アイドル女流歌人であることは誰もが認めることではないか。

「この味がいいね」と君が言ったから七月六日はサラダ記念日

ご存知俵万智『サラダ記念日』の代表歌である。俵万智には、

落ちてきた雨を見上げてそのままの形でふいに、唇が欲し
生えぎわを爪弾きおれば君という楽器に満ちてくる力あり

といった、彼女ならではのライトな感覚の中にも官能を感じさせる作品もあるが、一方の与謝野晶子の官能礼賛には、堂々、横綱級の風格がある。この人（の作品）が通れば人が脇に避けて寄り、自ずと道が開かれるような。

もちろん、彼女の、

やは肌のあつき血汐にふれも見でさびしからずや道を説く君

があまりにも有名で、歌の内容も、男なら完全に「一本！」取られた、ようなものだが、さらに、こう詰め寄られたりもする。

いさめますか道ときますかさとしますか宿世のよそに血を召しませな

そして、こういう口説《くぜつ》となる。

むねの清水あふれてつひに濁りけり君も罪の子我も罪の子

清くロマンチックであったはずの恋心が、満ちあふれるあまり、ついには情欲のほとばしりとなって官能の闇に二人、もつれからまり合いながら落ちてゆく。「君も罪の子我も罪の子」とは歌うものの、その「罪」の意識、意味は、官能を激しく燃やすためのスパイスの役でしかないように思える。

晶子の歌の中で、それに出会ったとき私が呆然とするしかなかった極めつきの二首がある。

乳ぶさおさへ神秘《しんぴ》のとばりそとけりぬここなる花の紅《くれなゐ》ぞ濃き
春みじかし何に不滅《ふめつ》の命ぞとちからある乳を手にさぐらせぬ

二首とも、作品の解釈、解説などしても意味のないような、圧倒的にして見事としかいいようのない歌いっぷりではないか。

『女歌の百年』『女流短歌』では、この他に、河野裕子の、

たとへば君　ガサッと落葉すくふやうに私をさらつて行つてはくれぬか
ブラウスの中まで明るき初夏の陽にけぶれるごときわが乳房あり

や、『乳房のうたの系譜』にふさわしい道浦母都子の、

人知りてなお深まりし寂しさにわが鋭角の乳房抱きぬ
如月の牡蠣《かき》打ち割れば定型を持たざるものの肉やわらかき

与えむと声なくひとをかき抱く或る夜は乱れし髪のごとくに

や松平盟子の、

口移されしぬるきワインがひたひたとわれを隈なく発光させゐる
汝が肩を咬みて真朱《あか》き三日月を残せし日より夏はじまりき

また、栗木京子の、

観覧車回れよ回れ想ひ出は君には一日《ひとひ》我には一生《ひとよ》
円卓よりしづかに匙はすべり落ち抱きすくめらる腕より胸へ

といった、戦後生まれの女性の歌よみの作品に目がとまる。
すでに一部は紹介してきたが、改めて別冊「文芸読本」の『女流短歌』を見てみたい。
それも、やはり戦後生まれの作品に当たってみよう。

沖ななもの、

　空壜をかたっぱしから積みあげるおとこをみている口紅《べに》ひきながら
　トラックに鉄材積みあげるおとこの腋の下から見えかくれする富士

この作者、肉体労働をする男の体を見るのが好みなのか。二首目など、男の腋の下（！）に目がいきつつも、その下に見えかくれする富士山を見つけている。今様、北斎のような構図上の機智も感じる。

阿木津英の、

　唇をよせて言葉を放てどもわたしとあなたはわたしとあなた
　夫婦は同居すべしまぐわいなすべしといずれの莫迦が掟てたりけむ

いいですねえ、このクールな感じ。とくに二首目の啖呵的短歌には拍手。と、ここまで晶子と、戦後生まれの女性による短歌の作品を、あたかも、女性の部屋にまぎれ込んだような、あるいは、秘められた日記を盗み見るような心持ちで見てきたのだが、今、私の手元には文字どおり『秘帳』と題された一冊の小さな歌集がある。

ちょっとした秘本系の古書好きなら知っている人も少なくないと思われる、湯浅真沙子という歌人（？）による短歌集。私の持っている版は版元は好色系出版でその名を知られる坂本篤の有光書房。発行は昭和三十二年、すでに今から五十年ほど前の刊行物ながら今日でも時たま古書市などで見かける本である。正式には『歌集　秘帳』と題され、新書判よりやや小さなサイズでハードカバー、函入り。

函にまかれた帯・表には「〝週刊新潮〟曰く　恐るべき肉体短歌だ　話題の大胆・卒直な　女人歌集」とあり、裏には「〝秘帳〟礼讃」と題して、岩佐東一郎と丸木砂土両雄の帯コピーが掲げられている。

岩佐も丸木も、戦後の粋人としてその名をならした文人である。また、この『秘帳』は詩人の川路柳虹が編者となり、序文を寄せている。

紅色の囲みケイに二首ほどずつ印刷された手帖ほどの歌集のページをめくる気分は、なにか女人のしとねをめくるような雰囲気がある。「美貌の友」と題する章を見てみよう。

こと細か語ればさすがの女《ひと》も「まア」と赤らむ顔美しき
女同志語る猥談互《かた》みにぞこらへる気もち眼にあらはるゝ
一週に一度は自慰をするといふ女医大の美しき友
蚊帳のなか二人裸のまゝに寝ね灯《あか》りともせば人魚のごとし

と、まあ、こんなありさまなのである。赤裸々にして卒直。まさに編者の川路柳虹が序文でのべているように「女性の真情を包み隠さず丸出しにした処に力もあり興味もある」。はじめに紹介した四首、「美貌の友」からの作品だが、歌を見れば、その「友」が女性であることがわかる。この作者には、同性愛の傾向が見られるが、そのことについては、後でまた、作品を示しながらふれてみたい。

「いで湯」と題する章。

湯の水の細きながれの股の谷すべるを眺めなにかほゝ笑む
夢うつゝ知らでありにし真夜中にゆり動かせし君なつかしき
風呂のなかで誘ひたまへど出来ざるを二人声立て笑ひけるかも

なにか楽しげな温泉行のようである。三首目を見ると、作者は、ここでは同性愛の人ではなく、マトモ（？）な異性愛にうち興じている。

では、秘そやかな同性愛を歌ったタイトルもずばり「同性愛」の章から。

かの子おもへばひしといだきてその肌《はだへ》合せてみたし乳房と乳房も

✓ 堪へかたき暁ごろの情欲はしとゞ濡るまでひとり慰む

お姉さまとしたふその子の髪撫でゝはじめて口にふれしかの宵

よりそひて抱けばふるゝ乳なでゝ赤らむ顔をなつかしく見る

遅くなるわ帰るといふを引きとめて罪なることを教へけるかも

✓ いくそたびいだき口づけ乳ふれてつひにかしこにふれにけるかな

（うーむ）、じつはこの原稿、事務所の近くのスターバックスのカウンターで、『秘帳』の中の作品を今、こうして書き写しているのだが、なにかちょっと、うしろめたい気がしてくる。秘かに周りの視線をうかがうような。

しかし続ける。もう止まらない。「ひとりの愛」の章。

性の書をおくり来りし少年の眼にくらし睨みて返す
わが情はうつくしきものに憧れて燃ゆるときのみ起るなりけり
白鳥の首股に入れなつかしむレダの裸体画みては慰む
教室にありて歴史をきくときにふと情欲の起ることあり
話にきゝし御殿女中が使ひしといふ張形といふものどこかで見たし

といった歌を歌った湯浅真沙子という人は、川路の序によれば、

私の逢つたのは七・八年前でまだ二十歳位の小柄な、どこか男性的な強さと、無口でさつぱりしたやうな性格をもつ女性であつた

という印象であったようだ。作品から私が受ける感じと大分ちがう。それはともかく、編者がこの序を書いたのは昭和三十一年秋とあり、文中「すでに故人となつた人、その歌稿

だけが生きれば幸ひであらう」とされているので、作者は、この『秘帳』が刊行されたときにはもちろんこの世の人ではない。

自らの生と性を歌いあげたその人が、今はこの世にはいない。なにも珍しいことではないはずなのに、なにか白日夢、それもウェットドリーム（性夢）を見ているような気がしてくる。

こうして、女人の作る短歌に接していると、女性通といわれる男性作家による訳知りの女性論やエッセーより、よほど女性のことがわかるのではないかと思われてくるのだ。木のことは木に聞け、女性のことは、やはり女性に聞け、なのだろう。

それにしても、これまでPART1から見てきたように、男女の秘めごとといっても、男のほうはたいていは、オズオズ、ドキドキ、あるいはアタフタとしているのに、女性のほうは、堂々としていて、「別に私は秘めごとなんかでなくてけっこうよ。隠すことではないでしょう」といった気分が伝わってくる。

また、関係が現在進行中の時は、立派（？）に秘めごとであったはずが、男性側の死後、何年かたった後に、女性の手によって、過去のあれこれが白日のもとに晒されてしまうというくつかの例も見てきた。

もっとも、「秘めごと」は、それが完璧なかたちで行われ、その後も世に現われることがなければ、本人同士以外の人間にとっては「秘めごと」ですらないわけである。「秘めごと」についてわれわれがうんぬんすることは、隠者について語ることに似た矛盾をかかえながら、ということになる。隠者に関しても、もし、その人物が徹底した完璧な隠者であれば、そのエピソードすら世の人に伝わることなく、ひっそりと生き、いつのまにかこの地球上から退場したはずなのである。

たとえば、日本の兼好法師にせよ鴨長明にせよ、たしかに隠棲はしたかもしれないが、あれこれ物言し、文章まで残した、あれほど著名ないわゆる文化人で、隠者もなにもあったものではない。

中国における隠者の一典型といわれる、寒山拾得など、これまでおびただしい古今の絵画に描かれ、その風体、人相までもが、世界の美術館、美術愛好家に配布されてしまっているではないか。

つまり、彼らは私ですら〝知っている〟隠者なのである。それでも、本当に隠者なのだろうか。いや、立派な隠者である、ともいえる。こうして隠者についてうんぬんすることのむずかしさ、はがゆさのようなものが生じてくる。

繰り返しになるが「秘めごと」も、当事者のあいだで、完璧に行いおおせれば、第三者にとっては「秘めごと」ですらない。しかし、その当事者が秘め隠しきれない。しかも、ごく身近な人間に勘づかれたり、知られてしまうのならともかく、ある日突然のように、広く自ら公の白日のもとに晒してしまう。「秘めごと」を世に現わしてしまうのである。

とくに、女性の側からすれば、秘める理由が希薄だったりする場合は、「秘めごと」崩壊の危険性は多い。

それでなくても、ほとんどの女性は本来、隠しごとなどあまり好きでないようなフシがある。自分の生を生きるのに、なにを隠しだてする必要があるのか、という、実に真っ当で正しい考えの持ち主が多く、しかもこれを実践したりする。

あわてふためいたり、窮地に立たされるのは多くの場合、たいていは男性のほうである。そして、これも自業自得という場合が多い。

しかし、世の中には例外がある。女性でありながら、その秘めたる恋を完璧なまでに「秘めごと」とした人。しかも世に知られた女性。たとえば向田邦子、その人。

向田邦子の秘めたる恋を彼女の死後、二十年近くたってから知ることとなる。

「それは、いかにも姉らしい〝秘め事〟だった。」

「没後二十年、初めて明かされる遠い日の一途な想い。」

と帯に記された、妹、和子による『向田邦子の恋文』（新潮社）が、その本であった。

私は例によって、カバーや本文に挿入された彼女のポートレイトに見入る。その表情から、言葉にならない言葉や、彼女の吐息を聞きのがすまいとする。

しかし、私は、この『向田邦子の恋文』を手にする前に、これら、彼女のポートレイトには接していた。しかもそのとき、ある不審を抱いたのだ。その本は『向田邦子の青春』こちらも向田和子による編著（一九九九年・文春ネスコ刊、文春文庫収録）。

『向田邦子の青春』のページを繰っているうちに生じた不審とは、まるで女優のようにポーズをとる若き日の向田邦子の、その写真の撮影者の名前がなぜか見当らぬことであった。どう見たってまったくの素人の写真ではない。それなのになぜ、撮影者のクレジットが無いのか……。こういう場合は、被写体にごく親しい人が撮った場合が多い。

愁い顔でうつむくポーズ。撮影者に向かって開かれた意志的で美しい瞳。草の上に寝ころび微笑みかける淡いコケトリー。さらに決定的なのが「あとがき」のすぐ前に掲げられた数葉の浴衣姿の写真。明らかに旅館の一室の中でのものもある。

事実かどうかは別として、（あ、これは、ごくごくプライベートな性質の写真だ）と人に思わせる気配が濃厚なのである。

この謎は『向田邦子の青春』から三年後に出された、先の『向田邦子の恋文』で明かされることとなる。「N氏との出逢い」と題する項。

その頃、邦子はおびただしい数のポートレートを撮ったカメラマンとも出逢っていたようだ。

（中略）

誰に聞くともなく、私も後で知ることになったが、姉とおつきあいのあったカメラマン、N氏は邦子より十三も年上で、妻子のある方だったという。

そうか、やっぱり、彼女のポートレイトを撮ったのは彼女の恋人だったのか。N氏に身をゆだねるようにN氏のカメラに収まる向田邦子は実に美しい。なにか身体の内側の芯に光源があり、そこから光を放っているように美しい。このとき彼女は、恋する発光体であったのだ。妻子ある男性、N氏との秘めたる恋に生きていたときだったのだ。

「旅先のポートレート」の項にさらにくわしい記述がある。

二十代のポートレートを繰り返し、繰り返し見た。

一枚の写真にドキッとした。旅先の宿で姉は窓際の籐椅子に腰掛けている。その前の小さなテーブルの上に二つの茶碗があり、一枚の皿に二本のフォークがきれいに並んでいる。でも、おびただしい数のポートレートを何度も見ながら、小さな疑問はいくつもあった。でも、私自身がピンボケで、違和感を持つだけだったが、この一枚の写真がモヤモヤに鋭い亀裂を走らせた。

えっ、これって。そうだったのか！

カメラマンN氏と二人旅だったのだ。二人の仲を一枚の写真が静かに物語る。暗闇を切り裂き、光があたって、少しずつ見えてきた。

『向田邦子の恋文』、第一部には、彼女の「秘めごと」の消息を伝えるN氏との手紙のやりとりやN氏の日記が収録されている。

そして、末尾近く、こんな記述が。

N氏の日記は大学ノートに横書きで記されている。十月七日に始まって、毎日つけられていた。最後は二月十八日。調べてくれた人によれば、その翌日、N氏は亡くなっている。

N氏の死因は、自殺であった。N氏は二年前、脳卒中で倒れ、足が不自由になり、働けなくなっていたという。

著者・向田和子は邦子の死から二十年近く経ってから、預っていた姉の遺品のうちの、茶封筒を開き、姉の「秘めごと」を目のあたりにすることとなる。N氏との手紙やN氏の日記は、この茶封筒の中に封じ込められていたわけだ。

しかし、若き日の写真と、茶封筒の中の「秘めごと」は、こうして向田邦子ファンの前に明らかにされた。

著者は預った姉の写真を「木槿の花咲く頃、多磨墓地の墓前で燃やそう、どんな炎になるのか、何色の煙となって天空に上っていくのかと、おぼろげに思ったりしていた」と文庫版のためのあとがき・「『向田邦子の青春』と私」で書いているが、しかし、実際は、一

人の女性の、貴重な美しいポートレイト集として世に残ることとなった。そして、
　本当によかった、煙にならずに。今ほっとしています。
と述懐するが、読者の一人としても「本当によかった、煙にならずに」と思わずにはいられない。向田邦子の秘められたポートレイトと恋文は、向田邦子という人の強さ、美しさ、やさしさを見る者に訴えかけてくる。煙となって消えてしまったとしたら、あまりにもったいない遺品であった。
　姉、向田邦子の「秘めごと」を受けとめることができる状態となった著者は、こう述懐する。

　秘密のない人って、いるのだろうか。
　誰もがひとに言えない、言いたくない秘密を抱えて暮らしている。そっとして、こわしたくない秘密を持ちつづける。日々の暮しを明るくしたり、生きる励みにしたりする。そんな秘密もある。秘密までも生きる力に変えてしまう人。向田邦子はそうい

う人だった、といまにして思う。

（中略）

姉は本当になにも言わなかった。おくびにも出さなかった。みごととしか言いようのない〝秘め事〟にして、封じ込めてしまった。

秘めごともまた、人の器の形に似るものなのか、向田邦子は、まさに向田邦子ならではの誇り高い秘めごとぶりで、これを完徹させたようである。

そして宝物のような、なんとも美しいポートレイトの数々と、まさに秘めたる手紙と日記が残された。そして、それが宝物であることをよく知ることとなった著者が、私的に秘蔵あるいは処分することなく、公のものとした。

『向田邦子の青春』また『向田邦子の恋文』、これほど切ない「秘めごと」を読者に伝える本は、そうはない。向田邦子の「秘めごと」を写し撮った写真をながめているとき、私の頭のなかにはずっと、私の愛唱するロシア民謡「黒いひとみの」の歌詞が流れていた。

その最後のフレーズは「私の秘めごと父さまに告げ口する人誰れもいないよ」（矢沢保訳詞）である。

N氏の撮ったと思われるモノクロの向田邦子のポートレイトに見いっていると、この向田邦子という女性に恋心を抱いてしまいそうになるのは私だけではないだろう。

# PART 12

# 初老となってなお
# 年上の女性との性愛に向かう力

これまでも幾人かの初老の男の、若い女性との秘めごとの例にふれてきた。

三十以上も年若い愛妾との喜びと難儀な日々を〝本宅〟の日記とは別に、秘かに漢文体でもう一つの日記をつづった明治の代表的知識人の一人、依田《よだ》学海。これまた三十近い年の差の女弟子と恋におち、「ふさ子さん！ふさ子さんはなぜこんなにいい女体なのですか」などと、手ばなしの、女体賛美を手紙にしたためてしまう、歌壇の指導的立場にあった斎藤茂吉。六十代も半ば近く、皇太子の和歌の指導者でありながら、その職を投げうち、女弟子との恋で「老いらくの恋」という流行語まで生んだ川田順。妻に先立たれた五十六歳の作家が、六人の子の父でありながら三十歳下の、性的に奔放な作家志望の女性に振りまわされる徳田秋声の例などなど――。

社会的地位を得、分別も十分に備わっているはずの初老の男性の、スキャンダラスな恋愛のありようを見てくると、人間、いくつになっても「枯れる」どころの話ではないな、と思えてくる。

それでなくても一般に男は、年をとるとだんだんイヤラシイ人間になるといわれる。スケベイになるといわれる。純真な少年時代から純情な、あるいは若々しい青年、まではい い、それが中年になると、薄汚れたとかイヤラシイといった形容詞がつくことになる。エ ロおやじというひどい言葉もある。さらに高齢となると、年がいもなくとか、もっと進め ば狒々爺《ひひじじい》といった、動物扱いの言葉まで用意されている。

男は、いや、本当は人間は、といいたいところなのだが、私自身が男で女性の生理、心 理は女性から聞くか推測するしかないので、ここでは男はと限定しておくが、男は、本当 に年をとると性的にイヤラシくなるのだろうか。別の言葉でいえば好色になるのだろうか。

そんなことは絶対にないのである——といいたいところなのだが、私の本音をいえば、 是《イエス》である。すくなくともこれまでは、私もまた年をとるにしたがって好色になってきたよ うな気がする。気どったいい方を許してもらえれば色好みになってきているという自覚が ある。

そして、このことを一向に恥ずべきことと思っていない。むしろ、どちらかといえば、 喜ばしいことさえ感じている。

それは、年とともに色好みな人間となっている自分が、ある能力、ある感受性を獲得し たと思っているからかもしれない。

感受性ということに関連して、食欲と味覚のことを考えてみる。

幼小児のころの、あまり味覚に関わる記憶など私にはない。あるとしても、近所の鉄鋼屋の坊やがクレヨンの箱ほどの大きなチョコレートを持っていたのに驚き、羨ましいと思ったことや、割りばしに巻きとった水アメを口に入れたときの感触や芋アメ独特の甘さ、あるいは、あの軟らかいタフィキャラメルを初めて噛んだときの不思議な歯ごたえとカラメルの味、といった〝甘み〟に対する憧れのようなものが中心であったように思う。

少年期から青年期といえば、これはもう空腹を満たすことが先決である。まあ、質より量の世界。フトコロがさびしいのに反比例して食欲だけはやたらと旺盛。また未知の味の物も、どんどん食べてみたいとき。

これが社会人となると、食の方も、がぜん社会性をおびてくる。結婚という共同生活による食生活の急激な変化とその受容。また、社会での、いわゆるお付き合いの場での飲食。食べること、食欲、味覚は個人の内部にとどまるのではなく、対社会との関係の中で相対化されることとなる。つまり、自分のこれまでの食体験、食欲、味覚のありよう、また飲食全般における情報の質と量や、貧富の差を意識させられることとなる。

そして、中年となると、食の個人史上、一般的には一定の成熟期を迎え、たとえば若い女性を伴って渋い和食の店やフレンチレストランなどに入り、ちょっとしたウンチクも披露できることとなる。男盛《おとこざか》りのころでもあり、食盛《しょくざか》りのころともいえよう。

そして中年のころが過ぎ、初老を迎えるころとなると――青年期のような食欲一辺倒ということもなければ、すでに中年期のような、飲食の場で男のポテンシャルを誇示する必要もなくなってくる。

しかし、だからといって食の本能や味覚が衰えてくるとはかぎらない。本当に自分の口に合った、つまり、自分が本当に美味いと思うものを（これがそれまでの食体験によって多様で多彩であったりもするのだが）、少しずつ、たびたび食べていたいと思ったりするのである。

食欲に引きずられてガツガツすることや、余計な世間的な見栄やポーズに縛られたりすることもなく、しかも、たっぷりと飲食の経験を積んできた初老の男こそ、味覚は磨き上げられ、また、その味も存分に堪能できるのではないかと思われるのである。

私にしても、物の味が私なりにわかるようになったのは、歯が弱くなりはじめた五十代に入ってからのような気がする。このごろは、かつてのようにバリバリ嚙んでムシャムシャ食べて、どんどん胃の腑に落としてゆくという食生活はできなくなったが、美味しいものを少しずつ、しかし、存分にその味、その香り、その食感を味わいつくす、むしゃぶりつくすという楽しみができるようになってきているのである。

中高年を迎えることは、生物的な生命体としては健康、健全というより、老化、退廃であることにちがいない。だが、退廃の感覚がなければ味わえない世界というのもあるのではないか。

食欲と味覚を例にしてきたが、性欲や性的な感覚についても、まったく同様のことがいえるのではないだろうか、と私は考えている。

年をとるにしたがって好色、色好みになるのはあたりまえなのだ。なぜなら、長年の経験の積み重ねにより、性的な感覚が発達し、成熟してきているからである。

若い時には、旺盛すぎる性的欲求のため目に入らなかった、あるいは感じとれなかった女性の、女体のニュアンスを受けとめることができるようになる。また、壮年のときは捨てきれなかった気負いや力《りき》みも必要ではなくなったときになって初めて、味わいつくせる感覚が生まれるということもある。

食の感覚と同じように、生物としての生命力が下降してゆくのに反比例して、性への想像力や感受性は増大してゆく。

好色の実力がついてくるのである。

もちろん、その程度には個人差があり、またその現われかたも、知的な抑制がなければ、文字どおり人間の誇りを忘れた動物的本能だけの狒々爺となり下がる危険もはらむのだが、男は（いや多分、女性をも含めて、人はといいたいが）、「老いて、いよいよ好色」になるのは当然であり、かつ正常なことと思っている。

たとえば若いころよりも、心の底から、いや体の底から音楽に感動できるように、また、一点の絵画の美しさが身に迫ってくるように、女性や女の肉体に対しても深く感動する感受性が老いには用意されているのである。

となると――頭の毛が薄くなったり、体のあちこちにガタがきはじめている、どう見ても初老という、いい年をした男が〝年がい〟もなく女性との恋に奔走したり、惚れたハレたもないだろうと思うのは、どうやら誤った考えかもしれない、ということにはならないか。

そして、世の中、たとえば夜の繁華街などをゆくカップルを観察してみると、初老の男と、親子ほど年の違う若い女性の二人連れをけっこう目にすることになる。もちろん、その二人、会社帰りの上司と女性スタッフであったり、ただの家族連れや知人といった場合もあるだろうが、どう見てもこれは男と女の間柄だなぁと思わせる雰囲気のカップルもある。

こういう情景を目のあたりにしたとき、世の〝良識〟ある人々（つまり、世の中の様々な〝真実〟に目を向けたくない人）は、その若い女性連れの初老の男性に対して不快感や、侮蔑の念を抱くのではないだろうか。

〝良識〟ある人々の目はともかくとして、いずれにせよ、中年や初老の男性と若い女性のカップルは、われわれがなんとなく思っている以上に現実には数多く存在しているのかもしれない。

性の立場を逆にした中年や初老の女性と若い男性の場合はどうだろう。一般的には若いツバメやプロのホストを連想するのが一番手っとりばやいが、現実はどうなのだろう。女性が主導の秘めごとというものは、当事者である女性がこれを秘め隠そうとすれば、男性のときよりよほど世に現われにくいと思われるので、そのへんのところは本人たちだけが知っている霧の中というしかない。


ところで、ここに、これまで挙げてきた男女の関係以外の例がある。これまでの話は、程度の差こそあれ自分の身に起きても不思議ではない、と思えるものであったが、これから示す性愛の形は、少なくともいままでの私には想定外に属する性の関係が再三展開される。

テキストは伊藤整の『変容』。

伊藤整といえば一般には、D・H・ロレンスの『チャタレイ夫人の恋人』の翻訳書（一九五〇年　小山書店）がワイセツ罪にあたるとされた「チャタレイ裁判」でその名を知られているのではないか。あるいは一九五〇年代の半ば『女性に関する十二章』や『文学入門』といったベストセラーを著わした著者としてなじみのある読書人も多いかもしれない。また、『檸檬《レモン》』の梶井基次郎と麻布の飯倉片町の下宿に同宿していた文学青年時代を描いた『若い詩人の肖像』を愛読した人も少なくないだろう。

肩書的には詩人、小説家、英文学者、評論家というオールラウンドプレイヤー的著述家の伊藤整には、他に、その死（六十四歳）によって完結は見なかったものの（最後の六巻は解説を担当してきた文芸評論家の瀬沼茂樹が執筆した）全二十四巻におよぶ『日本文壇史』というライフワーク（講談社文芸文庫）がある。

この伊藤整の、死の前年に『変容』は刊行される。この作品は、結果的に見れば伊藤整という作家の最晩年（といっても六十代半ばなのだが）の、その生の最後の炎によって明らかにされた、彼自身の生と性のかたちであったと思える。

この作品の内容は、六十代になろうとする男の、自分よりさらに年上の女性たちとの性愛を描いたもの、といっていいだろう。もう一度くり返そう。六十になろうかという男が、さらに年上の女性たちと性的関係を結ぶという話なのである。

六十近くの男性が自分より若い女性と関係を結ぶ、というのなら、これまで見てきたようにさほどめずらしくもない。しかし、この歳になって、さらに年上の女性、それも複数の相手となると……これはやはり一般的には想定外に属することなのではないか。

巻末「解説」の中村真一郎の文章を紹介したい。

中村真一郎もまた性の探求者、色好みの文学者、知識人として知られる文人である。

中村真一郎は「この作品が、当時の読書界に与えた影響は衝撃的であった」とのべたあと、
恐らく作者は、この作品を六十歳代の自分が、社会のなかで偽《いつわ》ることなく生きることの証明として、自分のために書いたのである。

と、この〝衝撃的〟作品が書かれた動機を洞察している。つまり、『変容』で描かれていることは、作者、伊藤整自身の生（＝性）の証明、書き残しておくべき記録だったというのだ。そしてその内容は、

この小説は、女性が六十歳を過ぎても充分に性的に活発であり、男性は老年になってもなお、年上の女性に魅力を感じるという、一般の社会常識では考えられない恐るべき事実を描き出したのである。

とし、続けて『変容』の中の具体的な一節を引用しつつ紹介する。

この物語の主人公は、六十歳を過ぎた老歌人の女性と性関係に入り、「銀狐のように白さを点綴したかくしげに包まれたその暗赤色の開口部は異様に猛々しかった」と、感想を述べている。また、同じ主人公は、やはり年上の六十歳過ぎの、昔、童貞を捧げた日本舞踊の女師匠とも交渉を生じ、そして「その小柄な丸味を帯びた身体の動きは、蝸牛か栄螺のような強く収斂する体質を思わせた」と、快楽の器官の特徴につい

ても露骨な暗示を口にしている。

自らも『色好みの構造』『女体幻想』の著作をもつ中村真一郎は、この『変容』に接したときの強烈な印象を、

この小説の刊行当時、私自身も作家として、性意識の解放を主題とした作品を書きつづけていたが、しかし五十歳の私にとっても、この六十歳前後の老人の激しく貪欲な性の行為の実態は、耳もとでシンバルを鳴らされたような、脳の中枢に響く激動であった。

と「解説」で語っている。

では『変容』の本文に当たってみよう。作者、伊藤整と作品の中の「私」の年齢や、また「私」の語る老いに対する考えや性愛の嗜好は、ほぼ伊藤整自身のものと考えてよいだろう。

たとえば、「私は瘠せた女性より太った女性が好きであり、足首のあまり細い脚よりも、

白い皮膚の脚、特に足首が太目の女の脚に刺戟を受けるたちだった」とか、別の場面の、街中で自分と交渉をもった女性によく似た女性を見たときに「足首はもう少し太くなくってては、と思う」といった女性の肉体の好みを吐露している。こういう部分など、この作品の本筋とはほとんど関係のないことだけに、作家自身の好みと思うのが自然だろう。

それにしても、足首の太目の女性に性的刺激を受けるというのは、ちょっと変わった好みかもしれない。おもしろいなぁ、人間って。しかし、まあ、そんなことはどうでもよい。もっと重要な、主人公の言葉に耳を傾けてみたい。

「私」は、やがて六十歳だと思うようになってからは、自分に「色ごとの適齢期は過ぎたのだ」といい聞かせて、こちらからは女を求めることはしない男となっている、という。しかし「こちらから求める気持を抱かぬことにきめてから、女の方で接近して来ることが多くなった」と感じてもいる。

しかも「精神的には自分で困るほど好色になっている。六十をすぎた老人たちが、よくはしたない色話をしているのを、私はみっともないと思って見ていた。今の私にはその衝動がよく分る。私はちょうど、その好色な老人という領域に入りかけたところのようである」と、「私」の現在の性のありかたを告白している。また、自分は妻を失った独身の身であるからと断わった上でだが、きっぱりと「受身で起る情事には遠慮しない」と言い切っている。つまり、精神的に好色なだけではなく、受身とはいえ立派な現役なのだ。

そんな「私」の、ある女性から触発された感慨は、

六十を過ぎた老女が、女として男の心を燃え立たせるということは、私も五十を過ぎた年に自分がなるまでは、考えてもみないことだった。その頃までの私の目には、六十歳の女性はもう女としての役目を終ったものに見えていた。髪は白く、顔は皺ばみ、媼《おうな》という形の中におさまるだけのものに思われていた。その年齢の女における性の愛は、想像しても醜いとしか感じられなかった。しかし、いまの私は、そのようには考えない。

ということになる。「私」の「年上の女性への性愛」宣言である。

この〝勇気〟ある宣言には「私」自身の老いの影がかえって意を強化する役目を果たしている。つまり、若いときから拘束されてきた「道徳」というものに対し、老いは復讐の念を燃やし「私」を性的に大胆にした、というのだ。「道徳のまやかしに左右されて失っ

たものへの」リベンジが老いの性愛の発露というわけである。
「私」にこのように反道徳を語らせる伊藤整は、じつは、もともと「お茶の間のモラル」といった虚妄に一石を投じようとする姿勢がある。
「婦人公論」に連載され、単行本化されベストセラーとなった女性論『女性に関する十二章』の中でも、こんな男の実像を呈示している。

ある女性を愛して結婚したから、即ち性の独占を女性に誓ったから、妻のみで満ち足りているというのは、男性の本来の姿でありません。もしある男性が、結婚していて、妻にしか性の衝動を感じない、と真心から告白したとすれば、私は、その男を偽善者だと言います。

といい、「普通のノーマルな男性は、妻を愛しているにかかわらず、機会があれば、数多くの女性に接したいという衝動を元来与えられているものなのです」と、男性の性衝動のありようを説明する。そして、もし男性が彼の妻にしか性の衝動を感じないとしたら、といくつかの理由を列挙する。たとえば、「この世では極めて稀にしかあり得ないほど強い、ほとんどアブノーマルな愛を彼はその妻なる女に抱いている」つまりは狂人に近い男。あるいは、外の女と接触することによる性病を恐れる男。あるいは「半ば去勢者」。あるいは「性的に多くの経験を持った結果、その妻にしか満足し得ないことを発見した畸《き》型《けい》の性を持つ」男——等々といった具合。

つまり『変容』の作家・伊藤整は、この作品の以前から、人の性的衝動を抑えつけ拘束する道徳、あるいは道徳というまやかしに対して異議を唱えているのだ。

そして『変容』の中でも、他の登場人物、七十過ぎの画壇の長老にこう語らせている。

> 戒律、律義さ、道徳、羞恥心、そんなのが我々をだまし、我々の手から永遠の美を押しのけ、奪い、あっという間に滅びさせたのだ。

と。また、作者は「私」に叫ぶような強い口調で心情を吐き出させている。

> 六十に近づいた男性の私には、感覚の求めるものすべてを善としたいという激しい内密の願いがある。一月ごとに鈍化し、また磨滅してゆくことが感じられるその感覚の

喜びを、拒否し拘束するこの世の約束ごとすべてに私は目をつぶりたいのだ。実に長い間、私の人生の大部分を、私は世の約束ごとを怖れ、それに服従して、自分を殺して生きてきた。もう沢山だ。私にこのあとしばらくは、思うとおりにさせてほしいものだ。

といい、この作品の最終部近くで、

老齢の好色と言われているものこそ、残った命への抑圧の排除の願いであり、また命への讃歌である。無関係な人には醜悪に見えるはずの、その老齢の好色が、神聖な生命の輝きをもって私の前方にまたたき、私を呼んだのだ。

と、老齢の好色礼賛を歌い上げている。つまり、世間的な道徳の観念などに縛られているヒマはないというわけだ。

このように、性を肯定する確信犯的な「私」だが、その行動には身近な者を傷つけまいとするヒューマニストならではの抑制が働いている。たとえば病気で入院している妻への周到な配慮、また、他の女性との関係でも「私は、人を傷つけないと思うとき、安らかな心でいることができる」と述懐するあたり。

しかし一方、「よしんばそれが内緒事であっても」「生きることの濃い味わいは、秘しかくすことから最も強くにじみ出て来ることを私は知っている」と、表面的な道徳や世の約束事から性の享受を解き放とうとする「私」があり、かつ、その行為が秘められたものであるからこそ価値があると、訴えている。

そこには、世間の道徳からは逸脱するかもしれないが「私」なりの道徳、生きかたのルールがある。すでに別の場所でものべたことであるが、ことによると世間一般のルールからはずれる生き方を選ぼうとする人こそ、道徳に対して自覚的、意識的という点で、かえって道徳的人間であるといっていいのではないか。

世間一般のルールの色に染まって、ただ、その色を身にまとい、自分の生の独特の色を出そうとしないですむ人間には、世の道徳という存在など、あまり考える必要はないだろう。

人は、その人が、自分の生を必死で生きようとしたとき、世の道徳から逸脱することがある。そのとき道徳は生を縛る抑圧として存在し、人はその抑圧と闘わざるをえないことを迫られる。

『変容』は、世の一般の道徳の包囲網からの脱出を試みる果敢なアピールとも読める。

作者、伊藤整は、主人公や登場人物の男性の口を通して、伊藤整自身の性に対する考え、老いと生、あるいは美意識などを語らせているが、女性の言葉も少しひろってみたい。女性に語らせているとはいえ、これらもまた、作者自身の言葉と思われるからだ。

まず隠しておかなければならない、秘めておかなければならない出来事に関連して――


「そういう秘事は容易に分るものではございません。何かが疑わしく見られても、時が経ち、出来事が重なるうちに、確証のないものは姿が薄れます。ただ男が手柄話をするのが、これが女の身にすれば『かひなく立たん名こそ惜しけれ』で、口おしいのでございます。それともう一つ、女の中にも、身ぶり、目つきで、そのことを人に知ってもらうように振舞うのがございます。

と、「秘めごと」は当事者がそれを秘めようとするかぎり、ついには霧の中にまぎれ消えてしまうものなのに、どちらかが、それを自ら露呈させようとふるまうことによって、当然、人の耳に届き、目についてしまうのだという。そして、「男は手柄の一つに数えて語りたがり、女は、人前で公認させて独占の既成事実を作ろうとして、積極的に他人に知らせたがりますので、色恋は人の口にのぼるのでございませんか」と語らせている。
また、物理的、身体的性感と、心の動きに関して、

私の心を申そうなら、自分の心と関係ない手術のような激しい行いによって目を覚まされた女の身体になっても、その身体をもってお逢いしたいのは、心の中に面影の生きている男の人たちなんでございます。よく女の人たち、身体の刺戟を受けた男たちに心が傾くのは当り前と申しますが、それはもののけじめをはっきりできない人々だと思います。

といい、さらに続けて、

刺戟だけで女を目ざませた男たちは、産婆か医者のようなものにすぎません。

と、男にとって、恐いような頼もしいような発言をしている。こういう女性を相手にする男性は、彼女の心がその男性に向いていない場合、どんなに性的な刺激によって女性を惑溺させたとしても、その性的に満ちた体は、心の中の男性へと向けられる。つまりはアテ馬ということになってしまう。

秘めたる恋については——

夫婦の間ですら人目からは隠して行われるそのことが、自分の恋い求める人との間に起ってならないと決められているときは、一層秘められた宝を手に入れるという気持になるのではないでしょうか。私の過去に歪んだ出来ごとが重なったためにそう思われるのか、それとも、ひめごとは元来そういう性質のもので、ひめごとの極みを追いかけて滅びるのが、人間の持っている運命なのか、とまで考えたことがございました。

と語らせている。

伊藤整の『変容』で描かれる老年の男女の恋は、その形はさまざまではあるが、世間一般、というより「茶の間の道徳的世界」で思われているよりは、よほど確信犯的で濃密である。

自らの世代こそ性を謳歌する年齢だと思い込んでいる若者や壮年の性の世界を、たとえば芝生の丘や灌木の林とするならば、初老から老年にかけての性の世界は絢爛たる紅葉の林や森であるともいえるのではないか。

もちろん、紅葉がすでに落葉を準備しているように、老齢の性愛には、そこに老いや死の予感があって当然だろう。そして、秋の冷気が樹々の葉を色づかせるように、老いや死の予感が、性の色どりをきわだたせるということもあるにちがいない。

それにしても——『変容』という作品に接する前と後では、私の、初老の女性に対する目が変わったことは事実である。なにげなさそうに日々を送り生きているように見える彼女たちの内に、いまだに燃えつづけているだろう生（性）のマグマを想像することができるようになった。死火山ではなく休火山なのだ。なにかのきっかけがあれば激しくエネルギーをほとばしらせる。

そして、これまで生きてきた彼女たちの心の奥底には、男性に劣らず、いや、多分、男性たちよりももっと深い、徹底した「秘めごと」が、秘かに生きているのではないか、ということに気づかされるのである。

## エピローグ

# 「秘めごと」弁護人の「お忍び」毎日

これまで、先達の切実にして、また不逞ともいえる「秘めごと」の種々相を、彼らのテキストをもとに点検してきたのだが、私の耳元で「弁護はわかったから、少しは自白をしろ」とつぶやく低い声が聞こえる（幻聴ではなく、この本の伴走者《エディター》のN氏の実際の声なのだが）。

思えば私は、前にも一度、墓穴を掘るというか、自ら矛盾するような作業をしてしまった前科がある。『超隠居術』という本をデッチ上げたことなのだが、この本を執筆したことによって、私はそれまでの、ひっそりと、あるいはコソコソと一人楽しむ生活から、わずかではあるとはいえ世間に顔をさらすこととなってしまった。

世に隠れるという、隠居、隠棲のすすめを述べながらノコノコと物欲しげに世間に顔を見せる、などというのはなんともスマートではない。周りの友人からも、隠居とかいっているけど、言うこととやることが違うじゃないか、とにかくチョコマカ動き回りすぎだよ、なんて言われたりする。

余計なお世話だ。こちらだって、隠居とはいえ、大店《おおだな》の楽隠居といった立場ではない。口に糊するシノギをしなければ生きてゆけない。古書も買えない。ビールも飲めない。相撲も見に行けない。安物の明治石版名所絵も買えない身分なのだ。

もともと、なんの不自由もない隠居ではなく、必要とあれば俗世間ともよろしく交わり、しかもなるべく手前勝手な生き方をしてしまおうというのが、私の『超隠居術』だったのだ。

ところで、「秘めごと」礼賛である。これまた、我ながら妙なことにかかわってしまったものである。「秘めごと」なのだから、秘めておけばいいのであって、わざわざ言挙《ことあげ》することもないのである。

しかし、なぜか私の中で、(今、本を書くならば、「秘めごと」礼賛だ、それを避けて他のテーマに手を染めるのは卑怯というものだ) という、自分でもワケわからない良心

（？）が疼いていた。

そして先達たちの「秘めごと」ぶりに、どっぷりと耽溺することになってしまうわけなのだが、一方では私自身の日々の「秘めごと」ぶり、また「お忍び」行動も強化していった。

人はいざ知らず、私は「面が割れると人生の楽しさは半減する」と思っている。余計なところで人に名前や顔を覚えられると、その分、勝手気ままな生き方が制限されるからだ。酒場やレストランなどでも、人によっては、行くのはほとんど行きつけの店で、自分のことを下にも置かずサービスしてくれなければ不満足であったり不安だったりするタイプがいるが、私なら、少々邪険に扱われようが、特別扱いされるよりは放っておいてくれる店の方が気が楽でいい。

また、初めてその店へ行ったときの対応と、それなりに馴《な》じみになったあとの対応があまり変わらないような店が好きだ。

私の理想は、ときどき立ち寄る店で、五年、十年たっても、さすがに顔ぐらいは覚えられても、名前や仕事など、つまり正体は知られていないという感じがいい。また、自分も実際、そのように行動してきたつもりである。

## ●スケジュールの入らない生活を獲得するために奮闘してきた

酒場などで、すぐに名刺を出す人がいる。偉いなぁ、と思う。もちろん皮肉を言っているのではない。心からそう思う。しかし私はまず、やらない。と、いうよりは常時名刺を持っていないので出すことができない。

たまにしか出ないパーティなどでも名刺を持って行かない。名刺の必要のない著名人が名刺を持たないのとは違う。いくらなんでも自分のことをそんなポジションと思っていないし、思える道理もない。ただただ名刺というものが好きじゃないのだ。

「無名性」というのはサッパリとしていて気持ちがいい。ゼイタクでありさえする。しかし――ここが生業《なりわい》のむずかしいところなのだが、まったくの黒子で生きることはできない。とくに、一応自前で生きなければならないわれわれのような立場では、ある程度、名前や顔が知られていないと、生命の維持すら危うくなる。

かといって、(あ、あの人は!)って知らない人が寄ってくるような著名人にはなりたくない。自分でもわかっているが、都合が良すぎるのだ。たしかに往生際が悪い。腹が据わっていないともいえる。プロなら自分を出しおしみするな、と言われても仕方がない。たしかに仕方がない。自分でも（仕様がない人間だなぁ）と思っているぐらいだから。仕様がない、といえば、じつは私は、自分に対しても「お忍び」の態度をもって接している。どういうことかというと、自分が自分のアリバイをなるべく作らぬような日々を送ろうとしているのだ。

決まったスケジュールがない毎日が理想。事務所に出かけるのは「リフレッシュ休暇」ならぬ、リフレッシュ出勤。手帖のスケジュール表はほとんど真っ白。ほんと、見せたいくらい。その日、その日の気分で、場あたり的に勝手気ままに行動する。

人からよく「ぜんぜん連絡がつかないじゃない」「なかなかつかまらないんだから」などと苦情を言われたりするが、そんな無理を言ってはいけない。場合によっては私自身が私をつかまえることができないのだ。

つまり、たまに入っている対談や座談会、もっと最悪は、地方での取材のスケジュールをコロッと忘れてしまっていたりする（当事者の方々ごめんなさい）。原因は――たまにしかスケジュールが入っていないために、頭で覚えたつもりになっていてメモをした手帖さえ見ないからだ。で、予定の、日や週を間違える。そう、コロッと忘れたのではなく、ただコロッと、間違えるだけなのだ。

なぜ、スケジュールを入れないか、って？　よくぞ聞いてくれました。私は四十代半ばごろから「いかにして、自分の手帖がスケジュールで汚れずに真っ白なままでいられるか。また、それでいて、なんとか飲み、食い、遊びの生活が送れるか」を獲得するために、自分なりに必死で生きてきたのだ。

あらかじめ予定が入っていないからこそ、その日の夕方近くになって、（今日は亀戸天神のうそ替えか。誰かを誘って亀戸、業平あたりでも散歩するか）とか、（いい夕方だなあ、暗くならないうちに荻窪の焼鳥屋へ行くか）とか、発作的行動がとれるのである。

## ●「秘めごと」をするには、気力、体力、そして思想が必要

では毎日が暇か、というと、これがとんでもない。「予定」が入っていないだけで、当日の「実施」は目白押しなのである。私は、仕事の連絡はつきにくいとよく苦情を言われるが、なぜか、遊びの連絡はかなりつきやすい人間なのだ。

しかも「秘めごと」の一つや二つあるとすると、たとえば夜、三回の飲食もめずらしい

ことではなくなる。ある日のこと、夕方六時から三時間ぐらい、知人の誘いで神楽坂のスペイン料理屋で食事をする。ちょっと用事があって（FAXの返信など）事務所に戻ると愛すべきスタッフが仕事をしていて、じゃあ、ということで飯田橋の安居酒屋へもぐり込む。二時間ほど世間話や情報交換などして十時半か。この時間なら彼女たちはまだ高円寺の古書店バーで飲んでいるなと思うと、勇躍、そちらへ駆けつける。胃腸と肝臓と好奇心が強くなければ不可能なことだろう。

と、こんな夜遊びのダブルヘッダーならぬトリプルヘッダーを自慢気に書いても仕方がない。肝心なのは「秘めごと」である。

私にだって経験はなくはないが、「秘めごと」をするのには力がいる。気力、体力のパワーが要求される。ヒモの能力がなければ、ある程度の経済力も必要だろう。

思想も必要だ。正々堂々、清廉潔白、良識遵守ならば「秘めごと」である必要はない。既成のモラルから少しでも逸脱しているからこそ「秘めごと」になる。世のモラルは人の自由を拘束する。「秘めごと」に関わる人は、このモラルとの精神戦を闘わなければならなくなる。丸腰では多分、手強い世の中のモラルに、すぐに屈服してしまうだろう。多勢に無勢というハンデもある。必要なのは、「秘めごと」を自分なりに正当化する思想なのだ。しかも、この思想は日々リニューアルされなければ実用にならない。手入れが悪い錆《さび》ついた思想では闘いの武器に役立たない。

しかも、オトナの「秘めごと」は、できることなら人にダメージを与えるようなことは避けたい。お互いドロドロの関係じゃなければ愛じゃない、なんて思う人は自然主義の文学世界あたりで、勝手にややこしい愛を貫いていただきたい。

「ダメージを与えたくない」などというキレイごとなどエゴイズムそのものだとしても、それだけでも相当のエネルギーがいる。

## ●「秘めごと」は一つの創作活動

人は「秘めごと」によって鍛えられる。鍛えられるために「秘めごと」をする人などいないだろうが、世間の良識や茶の間のモラルに反する行為が〝秘めごと筋〟のような心身の筋肉を付ける。

オトナになるのだ。人の心の弱さを知り、人を思う哀しみを知り、人を慈《いつく》しむ楽しさを知り、性愛の慰《なぐさ》めを知る。そして、いわゆる「酸《す》いも甘いもかみわけた」オトナの人間になるのではないか。

もちろん、ひと口に「秘めごと」といっても、その形や質は、その人の器に似るにちがいない。精神の弛緩した、だらしのない、醜い「秘めごと」もあるかもしれないし、緊張感のある節度を保った「秘めごと」もあるだろう。

せっかくの、大切な「秘めごと」ならば、それは香り立つようなものでありたい。秘めるに値する甘美なものでありたい。私は、「秘めごと」という行為は、表通りの人生とは別の、一つの芸術的パフォーマンスに似たものととらえている。

「秘めごと」は、孤立無援のリスクを抱えつつ、その人の生きるエネルギーを投入する、公には認知されることなき「芸術作品」なのだ。

# あとがき

この『「秘めごと」礼賛』、実際に仕事にとりかかる前は、自分の経験や周囲の知人、友人たちのあれこれを援用しつつ、ヒネクレ戯文体で、実質、二カ月もあれば書き上げてしまう、と編集者に豪語していた。実際、そういうペースで書き飛ばし、その本がそこそこ売れてしまった過去の芳《かんば》しからぬ実績もある。

しかし今回は、最初に（やはり、ちょっと谷崎や荷風の本に当たってみようか）と色気を出したのがいけなかった。テキストの面白さに引きずられ、じゃあ乱歩は、そういえば徳田秋声も、川田順も、石川啄木も、吉行淳之介も、そうそう、依田学海もいたなぁ、とテキスト探索と解読の藪の中に自ら好んで入り込んでしまった。

二カ月豪語が、実際には二カ年の平身低頭の仕事ぶりという始末。しかし、私は楽しかった。彼等それぞれの不逞にして、不届き、また当然、無届けの「秘めごと」ぶりに接するにつけ、ほれぼれとするような、あるいは呆然とするような自由感を味わった。

本文中でも、少し言い訳をしたが、テキストを探し出し、それを読む快楽に引きずられて、辛《し》ん気《き》臭い原稿執筆など、どんどん後まわしとなったのである。

しかも、「秘めごと」をテーマにしているのなら、執筆者本人が、多少の「秘めごと」ぶりがなくてはお話にならない。説得力がない。ということで、原稿用紙に向かうような暇があるのなら、夜の巷へ出かけてゆくのが仕事をする者の誠意というものだろう、と自分に言い訳しつつ、楽しい時間の方を優先した。

それでも、さすがに二年もたてば、少しずつ書きためた原稿が一冊の形になるまでとなり、こうして、ともかくも責めを果たすことができることとなった。出てきたゲラを読み直すと、あらためて、「秘めごと」探索、藪くぐりの楽しき日々が思い返される。

読者に、この楽しみを味わってもらうためには、本当は、それぞれのテキストを手に取ってもらうしかない。私が引用した部分は、その案内標示板ぐらいに思っていただきたい。ただ、この案内板作りも私としては自分なりの工夫をしたつもりである。

最後に、この企画実現のためスタートの段取りから二年の間伴走してくれた、旧き友人であり、文春新書の世界では先輩執筆者の、俳人・中村裕氏に、また走者、伴走者、双方をにらみつつ、ゴールまで辛抱づよく待ちつづけてくれた編集部に謝意を表します。

そして、今、「秘めごと」で密やかに命を燃やしている孤立無援のすべての人に「秘めごと」礼賛のメッセージを送りたいと思います。

坂崎重盛

## 〈本文で引用した主な参考文献〉順不同


『新潮日本文学アルバム7　谷崎潤一郎』新潮社
『新潮日本文学アルバム14　斎藤茂吉』新潮社
『新潮日本文学アルバム41　江戸川乱歩』新潮社
谷崎潤一郎『幼少時代』岩波文庫
谷崎潤一郎著、千葉俊二編『潤一郎ラビリンスⅠ　初期短編集』中公文庫
谷崎潤一郎著、千葉俊二編『潤一郎ラビリンスⅩ　分身物語』中公文庫
『荷風全集』岩波書店
永井荷風『おもかげ』岩波書店
永井荷風『濹東綺譚』岩波文庫
野口冨士男編『荷風随筆集（下）』岩波文庫
福田清人編、平山城児著『人と作品12　谷崎潤一郎』清水書院
江戸川乱歩『わが夢と真実』東京創元社
江古川乱歩『江戸川乱歩全集第30巻　わが夢と真実』光文社文庫
つげ義春『無能の人・日の戯れ』新潮文庫
内田魯庵著、紅野敏郎編『新編　思い出す人々』岩波文庫
桑原武夫編訳『啄木　ローマ字日記』岩波文庫
吉行淳之介『星と月は天の穴』講談社文庫

本文で引用した主な参考文献


吉行淳之介『暗室』講談社文庫
大塚英子『「暗室」のなかで』河出文庫
鴨下信一『面白すぎる日記たち』文春新書
森鷗外『ヰタ・セクスアリス』新潮文庫
依田学海著、今井源衛校訂『墨水別墅雑録』吉川弘文館
学海日録研究会編『学海日録』岩波書店
嵐山光三郎『美妙、消えた。』朝日新聞社
辻井喬『虹の岬』中公文庫
藤岡武雄『年譜　斎藤茂吉伝』図書新聞社
藤岡武雄『年譜斎藤茂吉伝　新訂版』沖積舎
川田順『川田順全歌集』中央公論社
川田順『葵の女』講談社
『別冊太陽26　近代恋愛物語50』平凡社
徳田秋声『仮装人物』岩波文庫
徳田秋声『縮図』岩波文庫
大村彦次郎『文士の生き方』ちくま新書
山田順子『女弟子』ゆき書房
川崎長太郎『抹香町・路傍』講談社文芸文庫
武田泰淳『目まいのする散歩』中公文庫

村松友視『百合子さんは何色』筑摩書房
武田百合子監修『物食う女』北宋社
『文藝別冊　総特集武田百合子』河出書房新社
伊藤整『変容』岩波文庫
伊藤整『女性に関する十二章』角川文庫
伊藤整『若い詩人の肖像』新潮文庫
瀬戸内晴海美選、日本ペンクラブ編『愛のかたち』集英社文庫
湯浅真沙子作、川路柳虹編『歌集秘帳』有光書房
道浦母都子『女歌の百年』岩波新書
『別冊文芸読本　女流短歌』河出書房新社
向田和子編著『向田邦子の青春』文春文庫
向田和子『向田邦子の恋文』新潮社

**坂崎重盛**（さかざき　しげもり）
1942年、東京生まれ。千葉大学造園学科卒業後、横浜市計画局で造園家として公園設計などを行なう。その後、編集者、ライターに転身。多彩なジャンルでの執筆活動を展開する。著書に『超隠居術』『蒐集する猿』『TOKYO老舗・古町・お忍び散歩』『東京本遊覧記』『一葉からはじめる東京町歩き』、監修に『明治瓦斯燈錦絵づくし』など。

**文春新書**

489

「秘《ひ》めごと」礼賛《らいさん》

2006年(平成18年) 1月20日　第1刷発行

著　者　坂崎重盛
発行者　細井秀雄
発行所　株式会社　文藝春秋

〒102-8008　東京都千代田区紀尾井町3-23
電話 (03) 3265-1211（代表）

印刷所　理想社
付物印刷　大日本印刷
製本所　大口製本

定価はカバーに表示してあります。
万一、落丁・乱丁の場合は小社製作部宛お送り下さい。
送料小社負担でお取替え致します。


ISBN4-16-660489-9